김경태의 삶

소금꽃으로 피어나다

김경태 지음

김경태의 삶

소금꽃으로 피어나다

발행일 2021년 12월 20일

글쓴이 김경태
펴낸이 박승합
펴낸곳 노드미디어

편 집 박효서
디자인 권정숙

주 소 서울시 용산구 한강대로 341 대한빌딩 206호
전 화 02-754-1867
팩 스 02-753-1867
이메일 nodemedia@daum.net
홈페이지 www.enodemedia.co.kr

등록번호 제302-2008-000043호

ISBN 978-89-8458-347-4 03810
정 가 15,000원

■ 저자와 출판사의 허락없이 인용하거나 발췌하는 것을 금합니다.
■ 잘못된 책은 구입한 곳에서 교환해 드립니다.

소금꽃으로 피어나다

김경태 지음

NODE MEDIA
노드미디어

인연에 감사하며

2021년 1월 25일부터 27일까지 〈안면도 소나무 문학의 집〉에서 〈작가와 함께 하는 삶과 문학 프로젝트〉 행사가 있었습니다.

정당 2구 '고풍송마을체험관'에 서울에서 활동하는 네 명의 작가(문영숙, 박혜선, 이묘신, 한상순)들이 〈안면도 소나무 문학의 집〉을 꾸린 후 마을 주민을 위한 첫 번째 행사였습니다.

정당2구 노인회장을 맡은 나는 아내와 함께 이 행사에 참가했습니다.

경희대학교 한방의료원에서 40여 년 동안 베테랑 수간호사로 일하다 정년을 맞은 한상순 작가는 고혈압과 당뇨관리와 노인건강을 위한 강좌를 들려주었고 치매 시어머님을 7년간 간병한 문영숙 작가는 치매예방과 치매간병에 대해 강의를 해 주었습니다. 박혜선 작가와 이묘신 작가는 마을 주민을 위해 음식을 준비하느라 비지땀을 흘렸습니다.

마을 주민을 위해 마련한 프로젝트 마지막 날 나는 오랫동안 꿈꿔오던 내 삶의 궤적을 글로 정리해보려던 막연한 희망에 드디어 불을 당길 수 있었습니다.

그동안 내 삶을 글로 정리해보고 싶은 욕심만 있었을 뿐, 언감생심 글로 표현할 용기조차 낼 수 없었던 내게 마치 하늘에서 노심초사 나를 지켜보시던 아버님이 작가들을 내 고향 안면도로 보내주었다는 생각까지 들었습니다.

나는 부끄러움도 내려놓은 채 이장에게 작가들을 만나고 싶다고 말했고 작가님들에게 내 뜻을 눈물로 전했을 때 문영숙 작가님이 흔쾌히 도와주겠다고 내 손을 잡아 주셨습니다.

나는 지금도 내 고향 정당2리 정터골에 귀향을 한 일이 가장 잘한 일로 여기고 있습니다. 내가 존경하는 김준희 옹이 이웃에 살고 계시고 그 분의 아드님 김월배 교수가 내 꿈을 이루는데 다리가 되어 주신 것에 감사드립니다.

안중근 의사 유해 찾기에 온 열정을 바치고 있는 김월배 교수님! 안중근 의사의 하얼빈 의거를 지원하고 러시아 연해주 독립운동의 대부인 독립운동가 최재형 선생을 기리는 최재형기념사업회 이사장이신 문영숙 작가님! 이 두 분이 심혈을 기울여 펴낸 『안면도에 역사를 묻다』가 아니었으면 나는 문영숙 작가님을 만날 수도 없었고 〈안면도 소나무 문학의 집〉이 우리 마을 정당2구에 둥지를 틀 수도 없었습니다.

다복했던 집안이 할아버지의 도박으로 모두 가난의 구렁텅이로 빠져 아버지 6형제 자손들 중 대학에 간 형은 한 명뿐이었습니다. 나의 사촌형인 그 분은 나를 만날 때마다 "나는 대학을 나왔어도 겨우 고등학교 평교사인데 너는 초등학교 4년밖에 마치지 못했는데도 사환으로 출발해서 큰 회사 사업장 600명의 지사장에 이어 계열사 대표까지 되었으니 꼭 자랑스러운 너의 기록을 글로 남겨라."라고 말했습니다.

안면도에 철학자이신 김형석 교수님이 오셨을 때도 작가인 박풍수님께서 내 얘기를 듣고 꼭 책을 써야 한다고 격려를 해주었습니다.

열다섯 살에 아버지를 여의고 어머님 태중에 유복자 동생과 나이 어린 동생들까지 여섯 식구가 끼니를 이을 수 없었을 때 안면도에 화성사 염전을 일구셨던 ㈜성담 정동근 회장님이 구세주처럼 우리 식구를 구원해 주셨습니다. 그 덕으로 우리 형제들 모두 성실하게 삶을 일구어 모두 안정되게 살고 있습니다. 특히 항상 가슴이 아렸던 막내 유복자 동생도 열사의 땅 중동에서 40년째 4개의 회사를 거느리면서 이웃돕기에 열정을 쏟고 있으니 형으로서 얼마나 감사한지 모릅니다.

㈜성담 정동근 회장님과 아드님에 이어 3대째 42년간 나를 키워주신 은혜에 보답하기 위해서라도 꼭 글로 써서 모든 분께 고마움을 알리겠다고 다짐을 했지만, 부족한 제 필력으로 감히 엄두도 못 냈습니다.

내 삶을 한 권의 책으로 펴내기까지 감사드릴 분들이 너무나 많습니다.

가난한 집에 시집와서 지금까지 고생만 시킨 아내의 응원과 격려가 참으로 고맙고 부족한 아버지의 기록을 부끄러워하지 않고 응원해 준 아들딸에게도 고마운 마음입니다.

'고풍송마을체험관'에 〈안면도 소나무 문학의 집〉이 들어설 수 있게 해 준 최종석 이장과, 내가 항상 존경하는 김준희 어르신의 자제분인 김월배 교수님, 디지털문학회 가재산 회장님, 노드미디어 박승합 사장님, 박풍수 선생님께도 감사를 드립니다. 끝으로 내 삶의 편린들을 한 편 한 편 글로 만들어 주신 문영숙 작가님께 진심으로 감사를 드립니다.

2021년 11월 김경태 씀

내고향 안면도 예찬

태안반도 남쪽 끝에 커다란 지네 한 마리가 물 위에 떠 있는 모양으로 생긴 안면도. 리아스식 해안이 마치 지네발처럼 오밀조밀 들고 나서 논골 밭골마다 밀물이 들어오면 바다가 되고 썰물이 되면 아기자기한 해안선이 아름다운 안면도는 원래 섬이 아니었다.

고려 시대부터 삼남 지방의 세곡을 개성과 한양으로 실어 나르는 세곡선이 꼭 거쳐야 할 안면도는 연안항해를 하는 세곡선들에게 가장 험난한 지역이었다.

특히 샛별해수욕장이 있는 신야리 앞바다는 돌들이 삐죽삐죽 돌출되어 있어서 물이 들어오면 세곡선들이 난파되기 일쑤였다. 오죽하면 지명이 '쌀 썩은 여'라 했을까. 수많은 세곡선들의 난파를 막기 위해 조선 시대 충청감사 김육은 큰 결단을 내렸다. 남면과 안면도가 이어진 현재의 안면대교 양쪽 남면 신온리 굴항포와 창기리 사이를 파서 운하를 만드는 일이었다. 장비라고는 사람의 손과 삽과 곡괭이가 전부였던 시절, 육지를 파서 뱃길을 만드는 일은 쉬운 일이 아니었다.

태안군 안면읍 창기리와 태안군 남면의 신온리 굴항포를 절단하는 작업은 엄청난 공사였다. 조선 시대 인조(1623-1649) 때였으니 1869년에 개통된 수에즈 운하보다 무려 200여년 이상 앞선 최초의 운하공사였다. 당시 안면도 사람들은 이곳을 '판개'라 불렀다. 운하가 완성되어 물길이 연결되자 천수만을 돌아 영목을 거쳐 신야리로 돌던 세곡선들은 운하를 통과해 곧바로 안흥량을 거쳐 개성과 한성으로 나갈 수 있었다. 그때부터 안면도는 섬이 되어 육지와 길이 끊겼고 장배를 이용한 바닷길을 이용해 주로 광천이나 보령으로 삶의 터전이 바뀌었다.

지네의 형상을 닮았다는 안면도는 현재 77번 국도가 지네의 등줄기이고, 동쪽 천수만은 어장의 보고가 되었고, 서쪽의 백사장은 많은 해수욕장으로 유명세를 타고 있다.

안면도는 1942년 일본인의 손에 넘어갔다. 현재 일본의 아소가문의 아소다로 증조부였던 아소타키치에 의해 조선총독부로부터 82만 3천 원에 낙찰을 받아 일제가 해방 때까지 경영했다.

일제는 농토를 넓히려고 간척 사업을 시작했지만 완성을 하지 못한 채, 해방이 되어 안면도는 다시 안면도민의 품으로 돌아왔다. 해방 후에는 대표적으로 간척 사업을 해서 바다를 메워 농토로 만든 김준희 옹과 고 진승균님의 대역사가 있었다. 이밖에도 크고 작은 간척 사업으로 지네발처럼 생긴 해안선은 기다란 호박처럼 두루뭉술하게 정리되었다고 하는 내고향 안면도.

바다를 끼고 있어 먹거리가 풍부하니 신석기를 거쳐 청동기 시대로 이어져 오는 동안 고남리와 누동리에 사람이 거주한 흔적의 패총도 유명해서 고남면에는 패총박물관이 있다.

동쪽에는 어장의 보고 천수만이 펼쳐져 있어서 간월도 앞에서 채취되는 질 좋은 굴은 조선 시대부터 간월도 어리굴젓으로 임금님의 진상품이었다.

서쪽에는 백사장이 펼쳐져 있어서 백사장 항을 시작으로 삼봉, 안면, 두여, 밧개, 기지포, 방포, 꽃지, 샛별, 장삼포, 바람 아래까지 해수욕장이 즐비하다.

특히 안면도 어디에서나 흔하게 볼 수 있는 붉은 색의 소나무 안면송은 울창한 휴양림을 이루고 있어 고려 시대부터 임금의 관을 짜는 황장목으로 관리될 만큼 안면도를 대표하는 소나무로 경복궁 중건 때도 안면도의 안면송이 사용되었다.

봄철이면 싱그러운 산나물이 지천인 산과 간척지 논이 펼쳐져 기름진 농토가 많아 쌀이 풍부하고 밭에는 바닷바람을 맞고 익어가는 빨간 고추, 호박고구마, 마늘이 인기 농산물로 각광을 받고 있다. 갯벌에는 철 따라 꽃게, 낙지, 소라, 농게, 칠게, 굴과 바지락, 대하 등 맛이 자랑거리인 안면도.

역사적으로도 곳곳에 설화와 사연을 품고 있다. 꽃지 앞에 있는 할미바위와 할아비바위는 승언 장군의 전설을 안고 있고 병술만은 몽고와의 항쟁 시기 삼별초와도 관계가 있는 곳이다.

그러나 안면도는 아름다움 뒤에 아픔의 역사도 함께 깃들어 있다.

일제 강점기 안면도 전체가 조선총독부에 의해 관리되던 시기의 아픈 상처를 안고 있는 소나무들을 볼 수 있다. 안면도 자연휴양림 뒤쪽으로 들어가 보면 100년이 넘은 안면송 중에 끔찍한 상처를 안고 있는 안면송들을 쉽게 볼 수 있다. 이것이 바로 태평양 전쟁 말기 일제가 가미가제 특공대의 항공유를 조달하기 위해 송진을 채취한 흔적이다.

당시 일본은 안면송에 V자로 상처를 내서 흘러나오는 송진을 모아 군산에서 항공유를 제조했고, 그 항공유가 바로 자살특공대인 가미가제의 항공유로 쓰였다니 젊은 피가 전쟁이란 참혹한 굿판에 뿌려지는데 안면송의 송진이 쓰였던 것이다. 일제의 가슴 아픈 수탈의 현장이 바로 안면도였고 안면송이었던 것이다.

천혜의 보고로 알려진 천수만은 국토를 바꾼 서산 A, B지구 간척 사업으로 갯벌이 사라져버렸다. 식량 증산이 최대의 목표였던 보릿고개를 지나면서 식량 자급자족이란 기치 아래 당장 쌀 한 톨이라도 더 생산해야 하는 절박함이 지구를 살리는 갯벌의 중요성보다 더 다급했으니 갯벌을 포기하고 논을 만든 것이었다. 그러나 시간이 지날수록 갯벌이 얼마나 중요한 보물창고인지를 다시 생각하게 되었다.

서산 A, B지구 방조제를 막기 전의 천수만은 물고기들의 산란장으로 엄청난 수자원의 보고였는데 지금은 방조제가 물살을 막아 점점 어장이 황폐화되고 있다니 안타까운 일이 아닐 수 없다.

바다와 백사장과 갯벌과 농지와 아름다운 풍광이 어우러진 안면도는 우리나라 섬 중에서 여섯 번째로 큰 섬이었다가 1970년대 연육교가 놓여 다시 육지와 연결되었다.

최근에는 보령시 원산도와 고남면 영목을 연결한 원산안면대교의 개통으로 보령과도 연결되었다. 새로 개통된 원산도와 대천간 해저터널이 있어서 안면도는 관광지로 더 큰 발돋움을 하고 있다. 해마다 꽃지에서 개최하던 꽃 박람회는 코로나 19로 주춤하고 있지만 앞으로 코로나 19가 물러가면 아름다운 꽃축제도 다시 열리고 대하축제 등 아름다운 안면도에 관광객의 발길이 이어지길 기원해 본다.

안면도 삼봉해수욕장

자연휴양림과 안면송의 수난사

안면도의 대표나무는 소나무이다. 소나무는 한국의 대표나무라고 해도 과언이 아니다. 용의 비늘이 있다면 아마도 안면송의 붉은 비늘을 닮았다는 생각이 든다.

안면송 사이로 비쳐드는 아침 햇살과 저녁 햇살을 본 사람이라면 그 신비함에 압도될 것이다. 일본에서는 붉은 줄기의 소나무를 적송이라 부르는데 안면도가 일제 강점기 일본인에 의해 경영되어 적송이란 이름이 붙었는지도 모른다. 그러나 나는 안면송이라 부르고 싶고 안면송이 내 고향의 상징이라서 더 자랑스럽다.

안면송은 역사가 깊다. 고려 시대부터 안면송은 임금의 관을 짜는 황장목으로 불렸고 조선 시대 경복궁 중건이나 몇 년

전 숭례문 복원에도 안면송이 쓰였으니 안면도에 사는 사람들에게는 안면송 그 자체가 자랑거리가 아닐 수 없다.

몇 년 전부터는 자연휴양림 소나무 사이로 데크를 설치해서 아름드리 안면송들의 허리쯤에서 걷는 묘미가 있다. 알맞은 장소에 포토존도 설치해 아름드리 안면송을 안고 사진도 찍을 수 있다. 안면송의 기를 받고 싶으면 데크 옆으로 쭉쭉 뻗은 안면송을 부여안고 온몸으로 기를 받을 수도 있다.

안면송은 봉화나 울진에 많은 금강송과 백두산 초입에서 많이 볼 수 있는 미인송과 같은 종류로 쭉쭉 뻗은 기상과 아름다움은 나무 중의 으뜸이라 할 수 있다.

안면도의 등줄기라고 할 수 있는 77번 국도를 중심으로 동쪽으로는 안면송이 많고 서쪽 백사장 쪽으로는 해송이 많이 분포되어 있다. 안면해수욕장에서 삼봉해변을 거쳐 기지포 해변으로 가는 길은 곰솔이 군락을 이뤄 자라고 있어서 가히 피톤치드의 낙원이라고 할 수 있다. 특히 아름다운 해변 길로 점점 유명세를 타고 있는 태안 해변 노을길을 따라 걷다보면 검은 줄기의 소나무가 마치 대나무 숲처럼 이어지고, 그 아래로 솔씨가 떨어져 싹을 틔운 아기 곰솔들이 자라고 있다.

2010년에는 유례없는 태풍 곤파스가 서 태안 지방을 휩쓸어서 안면송도 크게 피해를 입었다. 무려 7,500여 그루가 자연재해 앞에 속절없이 뿌리째 뽑혀 쓰러져버렸다.

안면송의 최대 수난사는 일제가 저지른 송진 채취일 것이다. 안면도 자연휴양림 뒤편에는 일제 강점기 때 수난을 당한 소나무들을 많이 볼 수 있다. 수령 100여 년이 넘는 안면송들이 아랫부분에 끔찍한 상처를 안고 있는데 그 흔적이 바로 일제 강점기 송진 채취의 흔적이다.

1942년 12월 7일 진주만 공격을 시작으로 태평양 전쟁을 일으킨 일본은 동남아 일대는 물론 태평양의 무인도까지 전쟁터로 만들며 연합군을 상대로 싸웠다. 그러나 연합군의 맹공으로 전세가 기울자 일제는 젊은 목숨을 비행기에 태워 가미카제 전투를 했다. 아까운 청춘들을 태운 비행기는 돌아올 기름이 없었다. 일제는 이들을 태운 비행기로 연합군 함대에 돌진해 자살특공대로 산화시켰다. 가미카제 특공대를 태워 갈 비행기의 항공유를 만들기 위해 일제는 안면도에서 20~30년 된 안면송에 V자로 상처를 내어 송진을 채취했다. 당시 일제는 안면도 사람들에게 송진 채취를 하게 했고, 채취된 송진을 군산으로 가져가서 항공유로 만들었다. 소나무의 연령이 20년 혹은 30년 되었을 때가 송진도 가장 많이 나온다고 하는데 오늘날 상처를 안고 있는 안면도의 소나무들이 바로 그때 송진을 채취 당했던 그 안면송들이다.

현재는 지구 온난화로 인해 앞으로 100여 년 후에는 한반도에서 소나무가 자취를 감춘다고 하니 참으로 안타까운 일이다.

안면도 자연휴양림 건너편으로 지하보도를 통해 들어가면 안면도 수목원이 나온다. 수목원에는 전통정원이 있고 생태습지와 양지식물 온실도 있어서 자연휴양림과는 대조적으로 아기자기함을 맛볼 수 있다.

안면도와 굴포운하의 역사

안면도는 원래 섬이 아니었다. 현재의 남면 신온리와 안면
도 창기리 사이를 절단해서 운하를 만들었고 그 후부터 안면
도는 섬으로 고립되어 육지와의 연결이 끊겼다. 운하를 파기
전, 서산장이나 태안장을 보던 안면도 사람들은 운하가 생긴
후로는 장배를 이용해 보령이나 광천으로 장을 보러 다녀야
했다.

안면운하는 어떤 연유로 생긴 것일까? 내가 태어나기 전부
터 안면도는 섬이었기 때문에 나도 내 고향의 유래와 역사에
대해서는 잘 알지 못했다. 그러나 내가 자서전을 쓰면서 안면
도의 역사를 알아보기 시작했고, 특히 안면도에 운하가 생긴
유래를 알게 되었다.

우리나라의 곡창지대는 삼남 지방이다. 전라도의 김제평야와 호남평야에서 생산되는 쌀은 고려 시대에는 궁궐이 있는 개성으로 조선 시대에는 한양으로 세곡을 운반해야 궁궐 살림을 할 수 있었다. 농경 사회에서 나라의 재정은 대부분 농사를 짓는 농부들이 생산한 세곡으로 충당할 때였기 때문이다. 육로가 발달되기 전이고 교통수단도 없던 시절이라 많은 양의 세곡을 서울로 가져오려면 뱃길이 편했다. 우선 배는 많은 양의 세곡을 한꺼번에 실을 수 있었기 때문이었다. 그러나 세곡을 실은 배는 지금처럼 동력선이 아니었고 돛을 달고 바람의 힘으로 움직이는 풍선이었기 때문에 갑자기 풍랑이 일거나 큰비가 내리면 일단 육지에 배를 대고 풍랑을 피해야 했다. 그래서 육지 가까이 뱃길을 따라 운행해야 하는데 남부 지방에서 세곡을 싣고 오던 배가 천수만에 이르면 마치 지네처럼 길게 뻗어 나온 안면곶을 돌아서 안흥으로 나가야 했다. 현재 서산 A, B지구 방조제가 건설되기 전이니 연안을 따라 온 배는 부석면과 태안군이 맞닿은 인평저수지 코앞까지 올라왔다가 다시 연안을 따라 안면곶을 한 바퀴 돌아서 안흥항으로 나가야 했다. 엎친데 덮친격으로 현재 샛별해수욕장 근처에는 삐죽삐죽 나온 여들이 많아 세곡선들이 수없이 난파되었다. 오죽하면 여의 이름이 '쌀 썩은 여'라 했겠는가. 그뿐만이 아니었다. 전라도와 경상도와 충청도에서 세곡을 싣고 개경으로 가는 조운선들에게 가장 위험한 곳이 안흥 앞바다 관장목이었다. 관장목은 강화도의 손돌목과 함께 가장 험난한 뱃길이었다.

세곡을 실은 배들이 안흥까지 가는 동안 자주 난파가 되니 안흥항 부분을 항해가 어려운 지역이라는 뜻으로 난행량으로 불리기도 했다. 나라에서는 어떻게 하든 뱃길을 위험하지 않게 개선하려고 고려 시대부터 운하건설을 시도했다. 바로 굴포운하였다. 굴포운하는 현재의 인평저수지까지 들어온 천수만의 안쪽과 현재 서산시 팔봉면 어송리 창개 사이를 파서 물길을 내려고 했다. 천수만에서 안면곶과 안흥을 거치지 않고 곧바로 가로림만으로 나갈 수 있는 방법으로 굴포운하 공사를 시작했던 것이다.

고려 17대 임금인 인종 12년(1134년)부터 시작한 굴포운하는 군사를 동원하여 흙을 파냈지만 4킬로 정도를 완성하고 중단되었다. 그 후 계속되는 조운선 사고를 견디다 못한 고려는 공양왕 시기(1380여년 경)에 다시 운하공사를 재개했다. 그러나 운하공사로 인해 나라의 재정이 바닥이 날 정도여서 다시 포기하고 말았다. 이후 조선 시대에 들어와 다시 몇 차례를 시도했지만 결국 암반층을 뚫을 수 없었다. 이후 태종 3년

(1403년)에 세곡선 34척, 태종 14년(1414년)에 무려 66척의 조운선이 안흥량에서 난파하고 선원 300여 명이 목숨을 잃었다. 태종은 세자 충령대군(后에 세종)을 대동하고 굴포운하 현장을 찾아와 운하를 파는 인부들을 격려했지만 역시 암반을 어쩔 수가 없었다.

그 후에 조선 11대 중종 16년(1521년)에 다시 굴포운하를 시작하려 했지만 임진왜란으로 또 중단되었다. 그 후 18대 헌종(1660-1674년) 때에도 공사를 재개했으나 또 실패했다.

이렇듯 굴포운하는 고려조 인종때부터 조선조 현종 10년에 이르기까지 장장 535년 동안이나 시도하다가 중단되고 말았다. 이후 조선조 인조 6년인 1638년에 충청감사 김육의 제안으로 창기리 판목과 남편 신온리를 절단하는 운하공사를 시작 판목운하 즉 안면운하를 성공시켰다. 안면운하는 결국 굴포운하의 대안으로 성공시킨 것이었다. 그때부터 태안반도의 끝 안면곶은 안면도가 되어 섬이 되었던 것이다.

그때부터 안면도는 섬이 되어 332년 동안 우리나라에서 여섯 번째로 큰 섬이었다가 1970년 안면도민의 간곡한 탄원으로 안면운하 위에 연육교를 연결해 다시 육지와 연결되었다.

안면도는 계속 변화하고 있다. 안면도의 최남단 영목과 보령시 원산도를 잇는 원산대교가 2019년에 개통되어 현재는 보령시와도 연결되었다. 현재는 원산도와 대천을 잇는 해저터널이 완공되어 안면도에서 대천까지 20여분이면 닿을 수 있게 되었다. 이렇듯 내 고향 안면도는 자고 나면 변화를 맞는다고 해도 과언이 아니다. 이제 보령해저터널의 완공으로 안면도를 찾는 관광객도 늘어날 것이다. 하루빨리 코로나19에서 온전히 벗어나 꽃 박람회도 다시 열리길 기원해본다.

- 차 례 -

04 저자의 말 인연에 감사하며

08 **내고향 안면도 예찬**

14 **자연휴양림과 안면송의 수난사**

18 **안면도와 굴포운하의 역사**

I. 배움의 갈증을 안은 채

28 김형석 교수와 나

35 초등학교 4학년을 끝으로

40 외조부가 가르쳐 준 자립정신

43 주경야독으로 배움의 갈증을 채우며

49 운명을 바꿔 놓을 뻔했던 군 생활

II. 나의 근원

56   안면도와 나의 조부

60   유년시절

65   아버지를 여의고

72   뻘짐과 물막이 공사

78   결혼을 하다

86   아버지의 빈자리

93   막냇동생

98   잊을 수 없는 초등학교 동창들

102   아내와 우리 형제들

III. 안면도 화성사 염전

114   천일염과 정동근 회장님

120   태안지역 소금의 역사

124   한 끼의 밥을 덜기 위한 숙직실 생활

129   장배에 돈을 싣고

133   생산성을 높이기 위해

136   결근을 줄이고

139   아름다운 동행을 보며

142 직장의 단면들

147 화성사 염전을 두산그룹에 넘기다

150 서울로 가면서

Ⅳ. 대한염업주식회사

158 남동염전 200구 감독실

164 인천 수원간 협궤 열차

171 군자지사에서

178 쌍용빌딩 11층

182 대관령의 추억

186 지사장에게 지프차가 지급되다

192 일본 해상대학 연수

201 회장님의 신뢰

209 지도염전에서 터득한 천일염 품질개선

213 ㈜성담 마포대경주유소 대표

222 베트남 생활

230 맺음말 내고향을 지키며

I

배움의 갈증을 안은 채

안면도 꽃지해수욕장 앞 할미, 할아비바위

김형석 교수와 나

2019년이 거의 다 저물어가던 날, 그분이 내가 사는 안면도에 오신다고 했다. 초등학교 4학년 수료가 학력의 전부였던 내게 라디오를 통해 가르침을 주시고 용기를 주셨던 그분이 100세가 되어 내가 사는 안면도에 오시다니. 나는 그 교수님을 만날 생각에 며칠 동안 잠을 설쳤다. 그분은 바로 철학의 석학이신 김형석 교수님이다.

친구들은 중학교에 다닐 때, 나는 염전 사무실에서 심부름을 하는 사환이었다. 농사를 짓는 농부에게도 일기예보가 중요하겠지만 소금을 만드는 천일염전에서는 일기예보를 놓쳐 비라도 오는 날에 대비를 못하면 그야말로 큰일이 나는 때였다. 소금을 만드는 함수에 비가 와서 빗물이 섞여 염도가 낮아지면 십년공부 나무아미타불이 되듯 소금 생산에 큰 손실을 가져왔다.

그 즈음 내 중요한 임무가 시간에 맞춰 라디오로 일기예보를 듣고 그 기록을 보고해야 하는 일이었다. 그때 잠시 라디오를 통해 김형석 교수님의 주옥같은 강의 '사랑과 영혼의 대화'를 들을 수 있었다.

"대학을 못 갔다고 실망하지 마라. 일하면서 배우고 배우면서 일하면 더 값진 성공을 거둘 수 있다."는 말씀은 나에게 배움의 용기를 북돋워 주어 틈틈이 한문 공부까지 하게 했다.

내 나이쯤 되면 초등학교를 제대로 마친 사람이 흔치 않다. 대부분 지독한 가난으로 가정 형편이 어려워서 배움을 접었거나, 어린 나이에 집안의 가장 노릇을 해야 했거나, 또는 한창 배워야 할 나이에 한국 전쟁으로 배움의 시기를 놓쳤기 때문이다. 여든하고도 네 살이나 된 나도 배움의 주림을 평생 안고 살아왔다.

서울에서 목도 일을 하던 아버지는 해방 후 잠시 홍성을 거쳐 고남면 누동리에 머물다가 기루지에 집을 사고 밭도 1,000여 평을 장만하였다. 기루지로 이사한 후 나는 안중초등학교로 전학을 해서 3, 4학년을 끝으로 5학년에 올라가지 못한 채 결국 초등학교 4학년이 평생 동안 내 학력의 전부가 되었다.

친구들은 학교로 가는데 나는 하고 싶은 공부를 접고 땔감을 마련하기 위해 날마다 지게를 지고 산으로 갔다. 학교에 가는 친구들을 보면 얼마나 부러운지 몰랐다. 행여 초라한 내 모습이 친구들의 눈에 뜨일까 봐 나무 뒤에 숨기를 밥 먹듯 했다. 속울음을 삼키며 산으로 향하던 그때를 생각하면 지금도 가슴이 아리다.

기루지 마을에서 가장 가난했던 우리 집은 봄이 되면 쌀 한 톨이 없어 아버지와 함께 구럭을 메고 신야리 밭둑을 뒤지며 마를 캐러 다녔다. 며칠 동안 캐 모은 마를 깨끗이 씻어서 화롯불에 말린 후 약재상을 하는 큰아버지께 가지고 가면 쌀 한 줌을 구할 수 있었다.

집을 짓는 일을 하던 아버지는 전쟁으로 집 짓는 사람이 없어서 점점 가세가 기울어 농사를 지어 커가는 자식들을 먹여 살려야 했다. 아버지는 독개 간척지 황무지로 이사를 한 후, 우선 장벌에 집부터 짓기로 하고 외상으로 목재를 가져와 공사를 시작했다. 그해 봄부터 여름까지 제대로 끼니도 잇기 힘들었다. 엎친 데 덮친 격으로 여름부터 아버지가 채독증에 걸렸다. 채소에 붙어 있던 기생충으로 인해 생긴 독이 온몸에 퍼진 것이었다. 아버지의 병은 점점 깊어져 병원에도 가보고 한약도 썼지만 끝내 회복하지 못하고 세상을 떠나고 말았다. 아버지의 나이 마흔이었고 서른다섯인 어머니는 태중에 막냇동생을 갖고 있었다.

큰아버지는 피난을 오셔서 임시로 승언리에 사셨는데 아버지가 큰아버지 집에서 돌아가셔서 일단 짓다만 집으로 모셔와 완성되지도 못한 방에 아버지의 시신을 모셨다. 마루도 없는 땅바닥에 앉아 나 혼자 울고 있을 때 철없는 동생들은 아무것도 모르고 뛰어다니며 놀았다. 만 열다섯 살이 된 나는 갑자기 가장 노릇을 해야 했다. 장벌 한 모퉁이에 짓다만 집은 나뭇가지로 엮어 흙을 올려 천벽을 하는데 갈대를 엮어 흙을 발라 한쪽만 바르고 문도 헌 가마니를 걸었다. 엄동설한이 닥쳐오는데 바닷가에서 불어오는 칼바람을 여섯 식구가 맨몸으로 견뎌내야 했던 그 겨울의 추위는 너무 혹독하고 매서웠다.

어느 날, 화성사 염전에서 염전부를 모집한다는 걸 알게 되었지만 내 나이는 너무 어렸다. 그런데도 무턱대고 이력서를 냈는데 내 사정이 너무 딱한 것을 알고 염전부가 아니고 사무실에서 심부름하는 사환으로 받아 주셨다. 염전에서 가장 중요한 것이 일기예보였다. 날마다 라디오를 듣고 일기예보 기록을 맡으면서 라디오를 늘 옆에 끼고 있다 보니 내 평생 가장 큰 가르침을 주셨던 김형석 교수님의 강의를 듣게 된 것이었다.

향학열에 불타던 시기 학교에 다닐 수 없던 갈증이 김형석 교수님의 강의를 들으면서 조금씩 위로가 되고 용기가 되었다. 김형석 교수님의 말씀 한마디 한마디가 주린 내 영혼에 양식이 되어 주었다.

김형석 교수님이 오시는 날 새벽부터 수시로 시계를 들여다보았다. 왜 그렇게 시간이 더딘 건지 마음은 꼭두새벽부터 안면읍사무소 대강당으로 치달았다.

강의 시간은 오후 두 시였지만 초조한 마음에 점심도 읍사무소 근처에서 미리 먹고 대기했다. 평생 몸에 밴 습관이라 약속을 하면 반드시 약속 시간 전에 가는데 그날도 읍사무소 대강당에 가장 먼저 들어섰다. 그래야 앞자리에 앉을 수 있었다. 앞에 앉아야 교수님을 가까이에서 뵐 수 있었다. 자리를 잡고도 한참 지난 후부터 사람들이 하나둘씩 강의실로 들어오기 시작했다. 텔레비전을 통해 교수님을 뵙긴 했지만 가까이서 마주하는 것은 내 생애 처음이었다.

드디어 백 살이 되신 김형석 교수님이 강의실로 들어오셨다. 꼿꼿한 걸음걸이로. 감탄이 절로 나왔다.

'아, 백세가 되셨는데도 저토록 정정하시다니.'

너무 감격하여 눈시울이 뜨거워졌다. 교수님의 강의를 듣는 동안 감사와 감격이 봇물처럼 밀려왔다. 강의가 끝나자마자 안면도에서 글 쓰는 분이 교수님 곁으로 가서 사인을 부탁했다. 이름을 묻자 그분 부인 이름을 댔다.

나는 다음으로 교수님께 질문이 아니고 감사의 말씀을 드리겠다고 말씀을 드린 후 내 이야기를 했다.

"저는 아버지가 일찍 돌아가셔서 겨우 초등학교 4학년을 마치고 천일염전 사무실에 급사로 취직을 했습니다. 당시 회사의 정동근 회장님께서 저를 불쌍히 여기시고 돌봐주셨습니다. 저는 염전 사무실에서 라디오로 일기예보를 청취하고 기

2019년 12월
김형석 교수님과 나

록하는 일을 하다가 교수님의 강의를 듣게 되었습니다. 그때 교수님께서 학교를 못 갔어도 일하며 배우고, 배우며 일하면 끝내 성공할 수 있다는 말씀을 하셨습니다. 저는 교수님의 그 주옥같은 말씀을 듣고 그대로 노력해서 과장이 되고, 부장이 되고, 이사에서 계열사 대표까지 할 수 있었습니다. 교수님, 저는 김수환 추기경님과 김형석 교수님을 존경합니다."

교수님께 내 이야기를 하는데 나도 모르게 감정이 격해져 안면읍 강당을 꽉 메운 사람들 앞에서 그만 눈물을 흘리고 말았다.

초등학교 4학년을 끝으로

아버지가 누동리에 있는 고남 초등학교 분교를 짓던 1947년, 홍성 제1초등학교에 입학해서 다니던 나는 2학년 때부터 고남초등학교로 전학을 했다. 그 후 아버지가 누동리 분교를 다 지은 다음에는 다시 기루지로 이사를 해서 중장리에 있는 안중초등학교로 전학을 했다. 그 후 3학년부터 4학년까지 2년 동안 안중초등학교에 다녔다.

이 무렵엔 안면도에 한옥집을 짓는 사람들이 많았다. 그 때문에 아버지는 일감이 많았고 벌이도 괜찮은 편이었다.

아버지는 그 무렵 평생 처음으로 충남 서산군 안면면 중장리 기루지라는 마을에 초가삼간 헌집을 사고 밭 1,000여 평을 장만하였다.

당시 안면읍 정당3리 독개 마을에는 일제 강점 시기 바다 공유수면을 매립한 간척지가 있었다. 그 간척지는 저수지와 용수로, 배수로, 논두렁 공사만 해 놓고, 벼 한 포기 심어보지 못한 황무지였다. 총면적이 400여 정보가 되는데 동쪽 제방을 비롯해 그 둘레 장벌에는 집이 한 채도 없었다.

바로 그곳에 아버지가 새집을 짓기 시작한 것이다. 그러나 집 지을 돈이 없어 기루지에 사는 모종대씨가 자기 아랫집을 지으려고 준비해 놓은 나무를 외상으로 가져와 장벌 한 모퉁이에 집 짓는 일을 시작하셨다. 그 해 여름에 아버지는 누동리에 집을 지으러 가셔서 채독이란 병환으로 같은 해 가을에 돌아가시고 말았다.

변변한 먹거리도 없던 때라 텃밭에서 키운 야채를 주로 반찬으로 만들어 먹었는데 그 해 여름, 생절이를 드신 것이 탈이었다.

1955년 음력 9월 28일, 아버지가 돌아가시던 그날부터 내 삶도 완전히 바뀌어 버렸다.

당시 아버지 연세가 40세이고 어머니 35세, 장남인 내가 열다섯 살이었다.

아버지가 돌아가시던 해 겨울, 독개 벌판 장벌 모퉁이에 짓다가 만 집에 불어닥친 엄동설한과 아버지의 부재는 나와 어머니와 동생들에게 캄캄한 암흑세상을 안겨주었다.

아버지가 한옥 짓는 일을 할 때 그때가 나에게는 가장 안정된 삶이었을 것이다. 그 무렵 학교에 다니던 나는 열심히 공부를 해서 1등을 한 적도 있고 보통은 3~4등을 벗어난 적이 없었다.

그러나 우리 가족은 물론 모든 사람들의 삶을 송두리째 흔드는 사건이 바로 한국 전쟁인 6·25 발발이었다. 조부님이 난리가 날거라 예상해서 지리적으로 비교적 안전한 이곳 안면도 숨박골로 이사를 온 것인데 한국 전쟁이 일어났으니 조부님의 예지력이 입증된 셈이었다.

6·25 전쟁이 일어나자 한옥집을 짓겠다는 사람이 없었다. 난리가 나서 살아남기도 버거운 세상이 되었는데 누가 한가롭게 새집을 짓겠는가. 전쟁이 일어남과 동시에 아버지의 일자리도 없어진 것이었다. 세상은 전쟁으로 어수선했고 우리집 가세도 점점 어려워졌다. 전쟁으로 삶이 피폐해진 상황에서 심한 가뭄까지 겹쳐 당장 끼니를 잇는 일조차 버거웠다. 사정이 이러하니 나는 4학년을 끝으로 학교생활을 지속할 수가 없었다.

아버지는 어떻게 하든 자식들을 가르쳐야 한다는 신념으로 초등학교도 졸업하지 못한 나를 위해 여기저기 알아보셨다. 마침 그때, 새로 생긴 안면중학교가 설립 인가를 얻기 위해 학기와 관계없이 연중으로 학생을 모집한다고 했다. 아버지는 초등학교 5, 6학년도 못 다닌 나를 학기 중간인 9월 25일 안면중학교에 1학년생으로 입학시켰다.

내가 사는 기루지 마을에서 1학년 학생 2명과 2학년 학생 1명이 함께 안면중학교를 다니게 되었다. 나를 제외한 두 학생은 가정 형편이 좋아 초등학교도 완전하게 마쳤고 훈장선생을 사랑방에 모셔와 한문 공부까지 한 애들이었다.

그러나 나는 그 두 친구들과는 비교할 수도 없이 가난해서 교복 살 돈이 없어 모자와 단추와 배지만 사서 교복도 아닌 옷에 달고 다녔다. 신발도 찢어져서 광목실로 꿰맨 검정 고무신을 신고 학교에 다녔다. 그 후 교복도 없이 다니는 나를 위해 어머니가 광목에 검정 물감을 들여 손수 교복을 지어 주셨다.

안면중학교의 시설은 인가가 나기 전이라 책상과 의자도 없었다. 교실도 없어 천막을 쳐서 눈비를 가렸고 나중에는 안면도 임야관리소 창고를 빌려 책상도 없이 땅바닥에 앉아 공부를 했다. 그때 공부 시간마다 선생님이 공부를 열심히 하라고 강조했는데 전교 1학년생 173명 중 두 반 120명만 2학년에 진학시키고 나머지는 1학년으로 유급을 시킨다고 했다. 나는 기루지에서 안면중학교까지 그 먼 길을 오고 갈 때마다 낙제만 하지 않기를 마음속으로 빌며 다녔다. 만약 낙제를 한다면 나는 영원히 학교를 못 다닐 수도 있다고 생각했다.

드디어 성적표를 받는 날이 되었다. 나는 임야관리소 창고 바닥에 앉아 2학기 성적표를 받았는데 낙제를 했을까 봐 가슴이 떨려 금방 펼쳐볼 수가 없었다. 옆에 있는 친구들은 서로 성적표를 보며 웃고 있는데 나는 이것으로 학교생활을 접을지도 모른다는 불안감에 망설이다가 간신히 펼쳐보니 173명 중 21등이라는 글자가 보였다.

순간 기뻐하기보다는 안도의 한숨이 먼저 나왔다. 나는 속으로 초등학교 때 4등 밖으로 나간 적이 없으니 열심히 공부해서 전교 10등 안에 기어코 들고 말겠다는 다짐부터 했다.

집에 오는 길에 기루지에서 같이 다니는 친구가 성적을 물어도 나는 대답하지 않았다. 두 친구는 틀림없이 내가 낙제했을 거라며 신이 나서 물었지만 나는 창피해서 말하지 않겠다고 버텼다. 두 학생 중 한 명은 99등이라 했고 또 한 친구는 낙제는 아니지만 100등이 훨씬 넘었다고 말했다. 나는 마음속으로 다음에는 반드시 10등 안에 들어서 두 친구들을 놀라게 해 주리라 다짐했다. 그러나 그날 이후 나는 다시 학교에 다닐 수가 없었다.

외조부가 가르쳐 준
자립정신

모두 어렵게 살던 때 외할아버지 댁은 그나마 넉넉한 편이었다. 일찍이 농토를 마련하여 쌀 농사를 지었기 때문에 가을에 벼를 베어 탈곡할 때는 너무나 풍성하게 보였고 또 한없이 가난했던 내 눈에는 외가가 얼마나 부러운지 몰랐다.

하지만 외할아버지는 스스로 열심히 노력해서 자수성가 한 분이라 나의 아버지 즉 당신의 사위를 신뢰하지 않았다. 한옥 짓는 기술만 믿고 일을 하지 않는다고 아버지를 나무라셨다. 할아버지 주장은 기술만 믿고 한옥 짓는 일만 고집할 게 아니라 밭이 천여 평이 있는데 그 밭농사라도 열심히 해야 하는데 아버지가 술을 좋아하는 것도 못마땅하게 여겨서 외할아버지의 맏딸인 나의 어머니가 굶어도 쌀 한 톨도 도와주지 않았다.

아버지도 성품이 곧아서 처가에 가서 양식을 구걸하지 않았고 굶어도 장인인 나의 외할아버지께 도와달라고 손을 벌린 적이 없었다. 어쩌면 아버지를 못마땅해하는 외할아버지에 대한 아버지의 마지막 자존심이었는지도 몰랐다. 아버지처럼 나도 아버지가 돌아가신 후 아무리 어려워도 외할아버지한테 의지할 생각을 하지 않았다.

어른이 된 후에 돌이켜보니 외할아버지는 어린 외손주인 나에게 아무리 어려워도 스스로 헤쳐 나가라는 가르침을 주셨다는 생각이 든다. 만약 내가 식량이 없어 식구들이 굶을 때 외할아버지가 조금이라도 동정을 해 주셨으면 나는 나도 모르게 스스로의 노력보다 남에게 아니 외가에 의지했을지도 모를 일이다. 외할아버지는 어린 내게 철저하게 독립해서 살아내야 한다고 자립심을 행동으로 보여주셨던 것이다.

외할아버지와 외할머니가 돌아가신 후에 외숙모님이 식솔들을 다 도시로 떠나보내시고 홀로 사셨다. 나는 외숙모님을 찾아뵌 적이 있었는데 그때 외숙모님이 자세한 얘기들을 들려주셨다. 외할머니는 그처럼 엄하신 외할아버지 때문에 딸네 집인 우리 집을 돕고 싶어도 어쩌지 못해 안타까워했다고 전해 주었다. 외할머니는 건너편에 사는 딸네 집을 바라보며 끼니때가 되면 한숨을 내쉬곤 했다고 한다. 딸네 집 굴뚝에서 연기가 나면 '오늘은 끼니를 때우는 구나'라고 하셨고, 연기가 나지 않으면 '오늘은 내 딸이 굶는 구나'라고 하시며 한숨만 지으셨단다. 나의 외할머니는 건너편 우리 집에서 끼니때 굴뚝에서 연기가 나지 않으면 굶고 있을 딸 생각에 당신도 끼니를 거르셨다고 했다.

외숙모님은 내 아내를 볼 때마다 가난한 집에 시집을 와 줘서 고맙다고 말씀하시곤 했다.

나는 노년에 외롭게 사시는 외숙모님을 아내와 함께 자주 찾아뵈었다. 가끔은 집사람과 여동생과 이종 여동생들과도 함께 찾아가서 외숙모님의 외로움을 덜어드리곤 했다. 외숙모님은 내가 독개에서 분배농지를 살 때도 용기를 주셨다. 외숙모님은 늘 내 안에 고마운 분으로 자리 잡고 있다.

주경야독으로
배움의 갈증을 채우며

1956년 2월 6일 화성사 천일 염전 사무실에 사환으로 입사 한 후 날마다 염전과 부속 공사장 시설 전체를 하루에 두 번씩 돌아야 했다. 내가 도는 코스는 똑같았다. 사무실에서 출발해서 염전 전체를 다 돌아보려면 두어 시간이 걸렸다. 염전의 북쪽 앞 저수지가 있는 산 위에 사무실과 소장님 사택이 있었다. 소장님 사택에 날마다 물을 길어다 드려야 하는데 사택 뒤 북쪽에 300여 미터가 되는 우물에서 물지게로 물을 져 나르려면 야트막한 언덕을 올라야 했다. 물지게를 지고 그 언덕을 오르려면 여간 힘든 게 아니었다.

사택 물독에 물을 가득 채워 놓고 이제 사무실 앞에 있는 종을 쳐야 했다. 염전에 하루 일과를 시작하는 신호였는데 산소통을 거꾸로 매달아 놓은 종대가 있었다. 종은 아침 시간, 오전 휴식 시간, 점심 시간, 오후 휴식 시간, 퇴근 시간에 맞춰 쳐야 했다. 또 밤에 갑자기 소나기가 오거나 일기가 불순할 때도 종을 쳐서 함수에 빗물이 들어가지 않도록 알렸다.

하루에 오전 오후로 염전 각호에 들러 염부들이 출근을 제대로 했는지 기록해야 했다. 20년 동안 매년 겨울에 사무실에서 나와 장등개, 흐리개, 깊은 골, 큰 골, 특히 큰 소나무가 많이 있는 큰 골 주변을 에워싼 임야까지 도는 코스인데 임야 400정보는 회사 소유였다.

날마다 보고 날마다 느끼는 현장 일은 겉으로 보면 같은 일인 것 같으면서도 하루하루가 달랐다. 우선 날씨가 다르고 기온이 달라 한결같은 염도를 유지하여 질 좋은 천일염을 생산하는 일에 조금이라도 차질이 생기면 안 되었다. 염전부들과도 하루에 두 번씩 꼭꼭 마주치니 그들의 희로애락도 몸으로 함께 느꼈다.

20년을 한결같이 조석으로 돌아보는 염전 곳곳은 눈 감고도 그릴 수 있을 정도로 익숙했다. 날마다 마주치는 염전부들 중에서 총각이 결혼을 하고 어느 날 아버지가 되는 과정을 자연스레 알게 되었다. 나는 사무실의 집기들과 사택의 살림살이까지 눈 감도고 헤아릴 수 있었다. 염전부들은 나에게 어느 집 숟가락이 몇 개가 있는지도 다 아는 사람이라고 놀려댔다.

입사를 했을 때부터 숙직실에서 생활하면서 밤이 깊은 줄도 모르고 글씨 연습을 했다. 겨울이면 손이 곱아서 호호 불어 녹여야 했고 앉았다가 일어나면 너무 오래 앉아 있어서 다리에도 쥐가 났다.

어느 날 밤 사무실에서 글씨를 쓰다가 창문으로 보이는 염전 저수지를 바라보니 저수지 위에 달이 떠 있었다. 저수지에 달이 비쳐 잔물결이 이는데 달빛이 물결에 반짝이는 모습이 얼마나 아름다운지 몰랐다. 나중에 어느 책에선가 윤슬이란 단어를 보며 그 달빛을 떠올렸다. 모든 것이 부족했던 시절이었지만 그 달밤의 윤슬은 지금까지도 내 안에 찬란한 아름다움으로 각인되었다.

천일염전에서 소금을 생산하면서 부속 공사장 공사를 진행할 때였다. 염부 108명 외 많은 부속 공사장 인부들과 염전 내 면균작업, 로라작업으로 바빴다. 아가씨들도 있었다. 그때도 염전의 각호마다 현장을 돌며 인원을 적어 공사장 책임자가 기록한 사정표 인원과 확인대조작업을 했다. 그날그날 일한 품삯을 사정표에 적어오는 인부들의 전표를 쓰는 작업인데 나는 한문 공부를 열심히 할 때라 대부분 한문으로 이름을 적었다. 그때는 한밤중까지 사무실에서 호롱불을 켜 놓고 해야 했다. 당일 일을 다 마치면 전표에 회사직인을 찍어서 다음날 현장 순회할 때 각 공사장의 염전부들에게 돌려주어야 했다.

날마다 어업기상 통보를 듣고 기록도 해야 하는데 일이 많을 때는 자정을 넘길 때가 많았다. 그렇게 열심히 내가 맡은 책임을 다하니 회사에서는 나를 일러 보증 수표나 다름없다고 말했다. 나는 아무리 늦어도 내가 해야 할 일은 밤을 새울지언정 다음날로 미루지 않았다. 상용직 염전부들과 주변 동네분들 특히 아가씨들과도 매일 만나는 일이 한편 즐겁기도 했다. 한문 공부도 열심히 했는데 유난히 글씨를 잘 쓰는 서무계장님은 나에게 많은 것들을 가르쳐 주었다. 행정에 관한 품의서 만드는 법, 또 일보용지와 일기예보 용지 만드는 법, 그 외 서류 양식서를 등사 원지에 철필로 써서 등사를 했기 때문에 새로 용지를 사지 않아도 되었다. 그때부터 등사기에 복사해서 용지를 사용하다 보니 후에 군대에 가서도 필경사로 군 주특기를 받아 사령부에 근무하게 된 동기가 되었다.

모든 서류를 작성할 때 한문으로 쓰면서 공부를 하니 사정표작성과 염전부 명단을 작성할 때도 자연히 한문 공부가 되었다.

어느 날, 안면지서에서 회사일로 오라는 전갈이 왔다. 지서에 도착하니 종업원 명단을 칠판에 적어달라고 했다. 분필로 종업원 108명의 명단을 모두 한문으로 적어주었다. 얼마 후 지서장이 칠판을 보더니 "아니 이 많은 종업원 명단을 어떻게 다 외워 쓸 수 있느냐. 더구나 한문으로?"하고 물었다. 본사에서 근무를 할 때도 맞은편 경리부서 미스 김이 가끔 모르는 한문이 있으면 나에게 들고 와서 물었다. 그때 미스 김의 하이힐 굽 소리가 따각따각 들리면 하루가 경쾌하던 생각이 난다.

본사에 출장 갔을 때였다. 본사에서 2세인 정평섭 회장님이 학교 다닐 때였다. 그때 나를 데리고 백화점에 가서 RCA Victor라는 라디오를 사 주었다. 노란 가죽으로 만든 라디오인데 처음 갖는 라디오가 얼마나 멋졌는지 그때의 희열은 말할 수가 없었다.

그 라디오는 내게 아주 큰 선물을 가져다주었다. 평상시는 소장 사택에서 시간 맞춰 일기예보를 듣고 가져다 기록했는데 그 일을 하는 동안에 또렷또렷한 강의를 듣게 되었다. 바로 김형석 교수님의 강의였다. 나는 그때부터 최면을 걸 듯 지금 나는 연세대학 강의실에서 김형석 교수님의 강의를 듣고 있다고 상상했다. 그 후로 나는 군대에 가서도 꼭꼭 놓치지 않고 김형석 교수의 말씀을 기회 있을 때마다 들었고 한 자라도 더 배우는 일이 무척 즐거웠다.

무더운 여름 군복을 입은 채로 부산 경리 학원에서 주산과

부기를 배울 때도 배움이라는 것이 얼마나 좋은지 땀방울도 소중하고 즐거웠다고 하면 과장일까? 그만큼 뭐든 배우는 일은 무조건 좋았다.

나는 군대에 가서 육군항만 수송사령부 행정처 행정과에 근무를 했는데 나보다 늦게 행정과에 전입한 강원도 출신 김일병과 각별히 친하게 지냈다. 김일병과 나는 서로 약혼녀한테 온 편지를 돌려 보면서 그리움을 달래곤 했다. 부산에 근무할 때 학원을 다녔는데 끝무렵에는 남·녀 원생들 중에서 경력자들까지 제치고 가감승제 계산을 거뜬히 해내서 1등을 했던 일이 기억에 남는다. 제대일이 되어 원장님께 군을 제대하겠다고 했더니 원장님이 열심히 배우는 모습이 참 좋았다며 학원수료식 사진을 앞당겨서 찍어 주셨다. 제대를 한 후에 그때 배운 공문서 작성법을 배워 일제 강점기의 고루한 행정에서 벗어나 서양에서 사용하는 최신행정을 익혔고 회사의 업무 처리에도 활용할 수 있었다.

운명을 바꿔 놓을 뻔했던 군 생활

육군 제2훈련소 23연대에서 전반기 훈련을 마치고 부산 육군 항만수송사령부로 배속되었다. 처음 사령부에 도착했는데 사병 10여 명이 정렬을 했다. 그 중에서 나와 또 한 사람을 상사가 차에 태워 해변 길을 달렸다. 우리가 도착한 곳은 예하 부대 229 자동차 수송부대 행정과였다. 행정과 사무실에 배치되어 선임병들과 낯이 익어갈 즈음이었다.

사령부에서 상사 한 명이 내려와 행정처로 나를 데려가겠다고 말했다. 그런데 행정과장이 이제 업무 파악도 다 해서 일을 시킬만한 데 웬 말이냐고 호통을 쳤다. 그러나 상사는

들은 척도 하지 않고 나를 지프차에 태워 데려갔다. 상사는 나를 행정과 발간계에서 근무하게 하고 인사과에서 휴가 명령을 하고 진급도 시켜 전보 발령을 낼 때 명령서를 받아 등사지에 철필로 써서 등사 인사발령서를 발부했다. 나는 그때부터 각종 인쇄물 양식을 담당했는데 제대할 무렵에는 여자 군무원 타자수가 배치되어 같이 근무를 했다.

군대에 오기 전에 화성사에서 철필로 글씨를 써서 등사인쇄를 해서 생산일보, 일기예보 청취 기록부, 종업원 명단, 인사기록 양식 등 모두 해 보았기 때문에 군대에서 하는 일은 식은 죽 먹기나 다름없었다. 회사에서 해 본 원지 필경을 인정받아 예하 부대에서 사령부로 옮겨 근무를 했고 그 덕분에 읽고 싶은 책을 빌려 읽을 수 있었고 경리 학원도 졸업할 수 있었다.

경리 학원에 다닐 때 나는 교재 살 돈 50원이 없어 빌려다가 베껴서 사용했고 주판은 병장 봉급을 모아서 살 수 있었다. 그러나 다른 사병들은 가정 형편이 넉넉해서 집에서 보내주는 용돈으로 주말마다 외출을 하고 때로는 술집에 가서 술을 마시고 유흥가도 다녀왔다며 자랑했다.

경리 학원에 유일하게 군복을 입은 학생은 나 한 명이었다. 찌는 듯한 무더위에 군복을 입은 채로 주판알을 튕기며 공부를 할 때는 땀방울이 주판 위로 뚝뚝 떨어지는 날도 있었다.

경리 학원을 졸업한 후 직장으로 복귀하는 사람들도 많았는데 그들은 직장에서 경리를 담당하는 사람들로 실무 경험을 더 쌓기 위해 학원에 야간 공부를 하러 다녔다. 경리 학원 과목은 상업부기, 공업부기, 원가계산법 등을 공부하고 특히 주산은 필수였다. 지금이야 계산기가 나와 문제가 없지만 그때는 경리하면 주산이 떠오를 정도로 중요했다. 경리 학원에 가면 운지법부터 공부했다. 운지법은 손가락으로 주판을 놓는 기본을 익히는 공부인데 더하기, 빼기, 곱하기, 나누기를 칠판에 각각 10문제씩 써 놓으면 원생들은 주산으로 답을 써서 원장 책상 위에 제출하는데 처음부터 나는 맨 마지막에 답을 냈다. 그때도 역시 학력의 주림을 절감했다. 날을 더할수록 점차 숫자가 늘어 계산해야 할 자릿수가 늘어나니 점점 어려워졌다. 나는 9시에 학원이 끝나고 부대로 돌아오면 나와 함께 하는 당번이 타다 놓은 저녁밥을 먹었다. 밥도 된장국도 차디차게 식어 있었다.

나는 군대에 근무하면서도 배움의 주림을 채우려고 외출도 나가지 않은 채 책을 많이 읽었다. 군대에 있을 때 야간을 이용해 부산 경리 학원에 공부를 하러 다녔다. 제대할 무렵 5.16을 맞아 하루는 김현옥 사령관께서 사령부로 나와 사병들을 무장시켜 경계 근무를 하라했다. 나는 부산 지역에 사령부 업무 연락을 하기 위해 행정과장과 지프차를 타고 각 기관, 방송국, 교도소까지 돌아보게 되어 부산 각 기관들을 여러 차례 다녀봤다. 제대를 앞두고 인사과장인 조은규 대위가 군에서 장기 복무를 하면서 부산 동아대학에 다니라고 했다. 내 병과가 수송 병과이기 때문에 부산이나 인천에서만 근무한다며 자기가 나를 데리고 다닐 테니 공부를 하라는 것이었다. 나 혼자라면 정말 반가운 제안이었다. 그러나 집에 계신 어머님과 나이 어린 동생들을 놔두고 나 혼자 공부를 한다고 할 수가 없었다. 마음은 굴뚝같았지만 결국 장남이라는 무게와 나를 바라보는 어머님과 동생들을 외면할 수가 없었다.

제대 날짜 일주일 전부터 부산 육군항만수송사령부 내무 2반에서 단잠을 설치고 고심했지만 배움의 열망을 접고 고향으로 가는 12열차를 타고 귀향했다. 그 후 꼭 학교에 가서 공부를 하고, 책을 보고, 글씨를 연습하는 것만이 배움의 전부가 아니라는 것을 직장생활을 하면서 터득할 수 있었다. 특히 말을 조심해야 하는 것, 또 상대방의 허물을 어떤 때 덮고 어떤 때 내보여야 하는지를 삶의 지혜는 사람과의 사이에서 배우는 것들이 많았다. 내 딴에는 상대를 배려해서 하는 말과 행동이 때로는 상대를 곤란하게 하는 경우도 있었다. 그런 일을 통해 상황에 따라 알맞게 대처하는 처세술을 배워나가는 것도 중요했다. 상사로부터 받는 꾸중이나 질책은 그 당시에는 몹시 서운하고 당혹스럽지만 그 후에 보면 쓴소리가 나를 더 단단하게 만들었고 내 시야의 폭을 넓혀주는 계기가 되었다고 생각된다.

II

나의 근원

솔마루 황토펜션 근처 안면암 부교

안면도와 나의 조부

나의 증조부께서는 고종 임금을 모시는 절충 장군이었다. 절충 장군이란 지금으로 치면 경호실장직으로 증조부님은 22세에 무과에 급제하셨다고 한다. 무인으로 뚜렷한 직업을 갖고 계셨던 증조부는 슬하에 아들 셋을 두었는데 나의 조부는 증조부의 둘째 아들이었다.

우리 집안은 김해 김씨 집성촌인 홍성 서부면 상항리에 살고 있었는데 현재 내가 안면도에 살게 된 것은 바로 나의 조부님이 안면도를 피난처로 정했기 때문이었다.

조부님께서는 풍수지리에 밝아 지관 일을 하고 있던 중, 곧 큰 전쟁이 일어난다는 것을 예견하시고 알맞은 피난처로 이곳 안면도로 이사하셨다고 한다.

당시 주소는 충남 서산군 안면면 누동리 1135 번지 '숨박골'이었는데 그때는 안면면이 서산군에 속해있었다. 그때만 해도 안면면은 연육교가 놓이기 전이라 완전히 고립된 섬이었다. 숨박골에도 집은 딱 한 채 있었고 마을 전체를 울창한 숲이 둘러싸고 있었는데 농사를 짓는 곳은 산자락을 일군 작은 밭이 전부였다.

숨박골 동쪽에는 일제 강점기 바다를 막아 생긴 작은 제방이 있었고 그 너머로 천수만 갯벌이 드넓게 펼쳐져 있었다.

조부님은 6남 1녀를 두셨는데 6형제 중 막내아들이 바로 나의 아버지시다. 할아버지와 아버지가 살다 떠난 후, 외할아버지 댁도 한때 숨박골에 사시다 형편이 나아져 기루지로 이사를 했다.

외할아버지가 워낙 부지런하셔서 해마다 고추 농사를 많이 지으셨다. 안면도 고추는 예나 지금이나 바닷바람을 맞아 품질이 좋기로 유명해서 비싼 값에 팔 수 있었다. 외할아버지의 부지런함 덕분에 살림도 점점 늘어나서 외가댁은 숨박골보다 큰 동네인 기루지 한복판에 4천여 평의 문전옥답을 장만하고 새집도 사서 이사하셨다. 그 후 외가댁은 가을만 되면 황금벌판에서 벼를 수확해서 그 귀한 쌀로 쌀밥을 해 먹을 정도로 살림이 넉넉했고 나는 그런 외가가 몹시 부러웠다.

나의 부모님은 지극정성으로 모시던 할아버지와 할머니가 돌아가신 후, 나를 낳으셨다. 그때 아버지 연세가 24세였고 어머니는 열아홉이셨다. 그러나 농사처가 없는 나의 부모님은 태어난 지 100일 된 나를 데리고 낯선 서울로 이사를 했다. 셋방을 얻은 집은 마포구 원정 4정목이라고 기억되는데 현재 어디인지 알 수가 없다.

아버지는 용산에 있는 목재소에 취직을 해서 마포에서 용산으로 출퇴근을 하셨다. 아버지가 하는 일은 목재소에서 나무를 운반하는 목도 일이었다. 변변한 기구가 없던 시절이라 온전히 힘으로만 일을 하던 때였다. 무거운 나무를 새끼줄로 묶어서 그 줄을 장대에 꿰고 두 사람 이상이 짝이 되어 양쪽 끝에 있는 장대를 목에 메고 운반하는 일이었다. 그 일을 목도일이라고 불렀는데 아름드리나무와 나무를 켠 목재들을 묶어 목도를 이용해 나르는 일은 보통 중노동이 아니었다.

아버지의 목 뒤쪽에 혹처럼 딱딱한 조직이 튀어나와 있었는데 그것이 목도일을 하면서 생긴 굳은살이라는 것을 나는 나중에야 알게 되었다.

어릴 때 나는 아버지가 등을 긁어 달라 하면 아무 생각 없이 긁어드리곤 했는데 그때마다 목 뒤쪽에 주먹만 한 굳은살이 뭘까 궁금했었다. 그 굳은살이 아버지가 힘든 노동으로 얻은 흔적이라는 걸 알고 가슴 아파한 것은 아버지가 돌아가신 후였으니 얼마나 불효한 자식이었는지 후회스럽기만 하다.

그 무렵 나는 어머니의 손을 잡고 안면도 숨박골에 사는 외할아버지 댁을 찾곤 했는데 외할머니와 외할아버지는 당신들의 큰 딸인 나의 어머니가 낳은 나를 첫 손주라고 무척 사랑하셨다.

내 볼을 쓰다듬으며 "우리 경태는 연하디 연한 배처럼 얼굴이 환하다."라고 하시던 외할머니의 자애로운 음성이 지금도 들리는 듯하다. 외할머니는 밭에서 나는 땡골도 따다 주시고 맛난 것이 있으면 우리 경태를 준다하시며 나를 애지중지하셨다. 나는 태어난 지 100일 만에 서울로 갔으니 자연스럽게 서울말을 배웠는데 외가에 오면 어린 애가 서울말을 쓰는 게 자랑스럽고 신기하다며 외할머니가 내 말을 흉내 내던 일들도 엊그제처럼 생생하다.

아버지는 용산에 있는 목재소에서 힘들게 일하시면서도 틈틈이 한옥집 짓는 기술을 배웠고 서울에서 홍성으로 내려와 홍성 옥암리에 살게 되었다. 여덟 살이 된 나는 홍성 제일초등학교에 입학을 했다. 그 후 아버지는 홍성에서 안면도로 이사를 하셨다. 그 무렵 아버지는 안면도 누동리 고남초등학교 분교를 짓는 건축 일을 했는데 안면도에 사는 사람들도 한옥을 짓기 시작해서 아버지의 목수 기술을 필요로 했다. 아버지는 기루지(중장리에 있는 마을 이름으로 행정지명)에 우리 집과 밭을 마련하고 이사를 했다.

유년시절

내 기억 중에서 가장 어릴 때 기억으로 떠오르는 장면이 어항 속에서 노는 물고기의 모습인데 서울에 살 때 마포 원정 4정목 주인집에서 어항에 물고기를 키운 모양이었다. 어릴 때 눈으로 각인된 그 영상이 지금까지 생생한 걸 보면 주인집의 구조나 사람들에 대한 기억보다 어항 속에 노는 물고기가 퍽이나 신기했던 모양이다.

동생이 태어나기 전 서울에서 살던 7년이 내게는 부모님 사랑을 독차지하고 살던 기간인데 빈부의 차이나 셋집과 주인집의 차이는 어린 내가 신경 쓸 것들이 아니었다. 주인집에 나보다 나이가 위인 딸 둘이 있었는데 내가 그 딸들을 누나라 부르며 잘 따랐던 모양이었다.

그 무렵 어머님도 살림에 보탬이 되기 위해 일을 하셨는데 어느 날, 어머님이 까맣게 익은 버찌 열매 장수에게서 버찌 열매를 사 주셨다. 나는 어찌나 좋은지 주인집 누나들과 함께 먹으려고 급히 대문 안으로 뛰어들다가 그만 대문 턱에 부딪혀 넘어지고 말았다. 얼마나 세게 넘어졌는지 버찌 열매를 담았던 사기그릇이 깨지면서 날카로운 사금파리 조각이 그만 내 윗입술에 커다란 상처를 내고 말았다. 지금까지도 흉터가 남을 만큼 큰 상처였으니 당시 피가 철철 흐르는 나를 보며 어머님이 얼마나 놀라셨을지 눈에 선하다. 내 자식을 키우면서 문득문득 그 생각이 날 때마다 어머님께 죄송한 마음이 든다.

내 행동이 짓궂어서 그처럼 부모님 속을 애태운 적도 있었지만 엉뚱한 행동으로 부모님의 가슴을 철렁 내려앉게 한 일도 많았다.

부모님은 나를 끔찍이 사랑하셨던 모양이다. 그때는 머리도 대충 집에서 자르던 시절이었지만 어머님은 큰맘을 먹으시고 나를 이발관에 업고 가셨던 날이었다. 궁핍한 생활에도 사랑스런 아들의 머리만은 멋지게 잘라주려고 가셨을 텐데 그날따라 이발관에 사람들이 길게 줄을 서 있었다. 지금 생각해보면 아마도 설날이나 추석을 앞둔 명절 즈음이 아니었을까 싶다. 그러니 기다리는 사람이 많아 줄을 섰을 것이다.

어머님은 일을 하는 중에 잠시 시간을 내서 나를 데리고 간 탓에 길게 줄을 선 사람들 뒤에서 함흥차사로 기다리실 여건이 안 되셨는지 나를 도로 업고 집으로 돌아왔다고 한다. 항상 바쁘셨던 어머님은 나를 내려놓자마자 일터로 나가셨다가 집에 돌아오니 내가 감쪽같이 없어졌더라고 했다. 깜짝 놀란 어머님은 동네를 이리저리 돌며 나를 찾아 헤맸는데 한참 후에 내가 이발관에 가서 이발을 말끔히 하고 아장아장 걸어 집으로 오더라는 것이다. 지금 내가 생각해도 신기한 일이 아닐 수 없다. 어머니는 가끔 그때 일을 들추시며 어린 애가 어떻게 그 이발관에 혼자 찾아가서 이발까지 하고 왔는지 참으로 신기한 일이라고 하셨다.

그 무렵 어머님은 며칠에 한번씩 없어진 나를 찾는 게 일이었는데 어떤 날은 나를 찾아 헤매다 보니 전차 길에 서 있는 전차 밑에서 놀더라고 했다. 그때마다 어머님은 가슴이 철렁철렁 내려앉곤 했는데 어떤 날은 시키지도 않았는데 담배 꽁초를 주워다 이웃집 할머니들께 나눠주면서 놀더라고 했다.

지금도 기억나는 일이 있는데 내가 인형을 좋아해서 인형 장수만 보면 인형을 사달라고 졸랐다고 했다. 남자애가 인형을 좋아했으니 신기한 일이었는데 유년시절의 나는 여자애들 성품과 짓궂은 남자애들 성정을 고루 갖춘 아이였던 것일까.

내가 기억하는 일 중에 재미있던 일이 셋집 근처에 백화점이 있었는데 어른들 몰래 백화점에 가서 승강기를 타고 오르내리던 일이었다.

인형을 좋아하는 것과 반대로 그 시절 가장 갖고 싶었던 장난감이 탱크였다. 장난감 장수만 오면 나는 어머니께 장난감 탱크를 사 달라고 조르곤 했다. 그런데 실제로 탱크를 가지고 논 기억은 없으니 아마도 가격이 꽤 비싸서 쉽게 사 줄 수가 없었을 듯싶다.

또렷하게 기억나는 일이 있는데 아버지를 따라 아버지의 일터인 용산 목재소에 갔던 일이다. 목재들이 산더미처럼 쌓여 있는 곳이었는데 아버지가 동료들과 일을 하며 어린 아들인 나에게 이런저런 일들을 보여주던 게 생각난다. 너무 어릴 때라 아버지가 얼마나 힘든 일을 하실까라는 생각보다 나무들이 엄청나게 많이 쌓여 있던 모습만 기억이 난다.

일곱 살이 되던 해 아버지는 서울살이를 접고 김해 김씨 집성촌 근처에 있는 홍성 옥암리로 내려오셨다. 나는 홍성 제일초등학교 1학년에 입학했다. 학교에 들어간 후에도 나는 여전히 짓궂었다. 하루는 친구들과 동네 높은 곳에 올라가서 나뭇가지 끝을 반으로 쪼갠 돌을 끼워서 누가 더 먼 곳까지 던지는지 시합을 하고 놀았다. 친구들과 함께 신나게 돌던지기 놀이를 하고 있는데 저 아래에서 사람들이 모여 웅성대는 소리가 들렸다. 알고 보니 내가 던진 돌이 동네 구장의 머리에 맞아 피가 난다고 했다. 철없던 어린 날의 장난으로 지금도 그 일을 생각하면 구장님께 미안한 마음이 든다.

내가 생각해도 참으로 어리석고 순진하고 엉뚱한 일이 있었는데 내 호기심으로 애매한 닭이 목숨을 잃은 적이 있었다.

우리 집에서 닭을 키웠는데 날마다 어머님이 둥우리에서 달걀을 꺼내오는 게 참으로 신기했다. 나는 저 달걀이 어떻게 생기는지 보고 싶어 둥우리를 날마다 살폈다. 그러나 내가 갔을 때는 이미 달걀을 낳은 후이거나 아무리 기다려도 달걀을 낳기 전이어서 허탕을 치곤했다. 그러던 어느 날이었다. 둥우리에 갔을 딱 그 시간에 닭이 달걀을 쏘옥 낳는 모습을 볼 수 있었다. 그때 나는 '아, 달걀은 닭 똥구멍에서 나오는 구나!' 라고 생각했다. 그런데 얼마 후부터 날마다 달걀을 낳던 닭이 달걀을 낳지 않았다. '똥구멍이 막혀서 달걀을 낳지 못하는 걸까?' 나의 호기심은 날마다 암탉을 쫓아다녔지만 끝내 달걀을 구경할 수가 없었다. 나는 참다 참다 닭이 알을 낳고 안기 시작하는 어느 날, 가만히 앉아있는 닭을 붙잡고 마른 나뭇가지로 닭 똥구멍을 찔러보았다. 그런데 피만 나오고 달걀은 없었다. 결국 그 암탉은 며칠 후 죽고 말았다. 그 일로 어머니께 호되게 야단을 맞았는데 나는 참으로 못 말리는 말썽꾸러기였다.

아버지를 여의고

아버지와 함께 했던 마지막 봄, 집에는 쌀 한 톨은 물론 쌀을 살 돈 한 푼도 없었다. 그 시절 농촌에서는 춘궁기가 되면 대부분 굶기를 밥 먹듯 했다. 보리는 추수를 하기 전이고 겨울을 견디는 동안 대부분의 먹거리가 바닥이 났다. 지금은 낯선 말이 되었지만 굶어죽지 않고 어떻게 보릿고개를 잘 넘기는 가에 따라 운명이 달라졌다. 오죽 먹을 게 없으면 여린 소나무에서 송기를 벗겨 먹고 산나물과 쑥과 냉이는 송기에 비하면 고급식품이었다. 겨우겨우 보릿고개를 넘겨도 7월부터는 보리를 아끼느라 밥도 못 해먹고 묽은 된장국에 보리죽을 끓여 먹으며 버텼다. 허기가 지면

고구마 밭을 뒤져 채 크지도 않은 고구마로 끼니를 때우기도 했다.

우리 집은 동네에서 가장 가난한 집이니 더 형편이 어려웠다. 큰아버지는 약초를 캐다가 한약방에 파는 약초상이었다. 아버지와 나는 한 푼이라도 벌기 위해 밭둑을 뒤져 마를 캐러 다녔다. 마는 덩굴 식물로 뿌리가 약이 되었는데 다른 사람들도 우리처럼 마를 캐러 다녀서 하루 종일 헤집고 다녀도 몇 뿌리밖에 캐지 못했다. 캐온 마 뿌리는 깨끗이 씻어서 껍질을 벗겨 화로불에 말려서 큰아버지에게 드리면 큰 아버지는 그걸 모아 한약방에 팔아서 쌀 한 톨이라도 살 수 있었다.

그해 봄, 나는 날마다 아버지와 함께 구럭을 메고 신야리 간척지 밭둑으로 마를 캐러 다닐 때 아버지께서 한숨을 쉬며 하시던 말씀이 지금도 귓가에 생생하다.

"세상살이가 참 고달프구나. 이 봄에 쌀 한 가마니 만 있으면 우리 식구 사는데 아무 걱정이 없을 텐데. 그렇지만 모든 사람들이 겪는 보릿고개라 지나친 욕심은 부리지 말아야 한다. 옛 성현들의 말씀이 돈만 쫓는 삶을 살면 돈이 달아나고 맡은 일을 열심히 하면 돈은 저절로 따라온다고 하셨다."

아버지는 그 봄을 마지막으로 채독이라는 병에 걸리셨다. 아버지는 병원에도 가시고 한약도 지어 드셨지만 아무 효력이 없었다. 어느 날 채독에 좋은 약이 대천에 있는 한약방에 있다는 말을 듣고 그 약을 사기 위해 나 혼자서 광천까지 가는 장배를 탔다. 광천에 도착하니 달이 휘영청 떠 있는 한밤중이었다. 버스도 다 끊겨서 짐을 가득 실은 화물차에 사정사정해서 올라타고 가서 약을 사왔다. 하지만 아버지는 약을 드시고도 아무 차도가 없었다. 답답한 마음에 하루는 아버지를 모시고 기루지 넘어 사기점에 사는 남자 점쟁이한테 가서 점을 보았는데 그 점쟁이가 너무 늦었다고 했다. 아버지는 그 말을 듣고 '이제 내가 죽는구나.'라고 생각하셨는지 나한테 유언처럼 말씀하셨다.

"대야도 앞 닭섬에 외딴 집이 있지. 그 집에 내가 받을 돈이 있으니 내가 죽거든 가서 받아 와라. 그리고 독개 집을 지을 때 기루지에서 외상으로 목재를 가져왔는데 그 집에 목재 값을 갚아야 한다."

나는 그때 아버지가 마지막 유언을 하신다는 생각에 금세 눈물이 고였다. 지금 같으면 구충제로도 회복할 수 있는 채독병이었는데 그때는 변변한 약품도 없던 시절이라 아버지처럼 채독에 걸려 돌아가시는 분들도 있었다. 아버지가 돌아가신 후부터 나의 꿈이었던 학교생활은 멀리 사라져버리고 소년 가장이라는 힘겨운 현실이 내 앞에 가로놓여 있었다.

나중에 화성사에 다닐 때 아버지의 유언대로 외상값을 갚으러 기루지에 갔더니 이제 나무 값은 못 받겠구나 했는데 잊지 않고 갚으러 왔느냐면서 나무 값을 감해 주었다. 그렇게 사람들은 소년 가장이 된 나를 동정해 주었다. 그러나 아버지가 말씀하셨던 닭섬에 사는 분은 돈을 받으러 갔더니 아버지한테 돈을 다 갚았다고 하면서 딱 잡아뗴었다. 그때 나는 사람들이 다 똑같지 않고 선한 사람이 있는가 하면 안면을 싹 바꾸는 사람들도 있다는 것을 실감했다.

아버지가 기루지에 사셨던 집은 초가삼간인데 북향이라 겨울에는 몹시 추웠다. 집 건너편 양지쪽에 길이 나 있었는데 그 길이 바로 학교 가는 길이었다.

나는 학교를 그만두고 아침마다 학교로 향하는 친구들을 바라보며 속으로 눈물을 삼켰다. 친구들이 안 보이면 그제야 지게를 지고 뒷산으로 땔감을 하러 나서곤 했다. 산으로 오르는 내 발걸음은 천근만근처럼 느껴지고 눈앞에 나무들은 내 눈물이 어려 나뭇잎들조차 슬프고 처량하게 보였다.

해마다 가을이면 초등학교에서는 운동회가 열렸다. 학부모들은 운동회 날이 되면 곱게 차려입고 갖은 음식을 장만하여 학교로 모였다. 운동장 가에는 자기 자녀들의 운동 경기를 응원하려고 조금이라도 운동장이 잘 바라다 보이는 곳에 터를 잡았다.

그 시절 운동회는 마을 잔치였다. 온 동네 사람들이 모여 만남을 갖고 또 새로 수확한 곡식으로 음식을 만들어 잔치처럼 즐겼다. 햇밤을 삶아오는 사람, 햇고구마와 옥수수를 쪄오는 사람들, 좀 잘사는 사람들은 떡을 해오고 대목을 만난 듯 장사꾼들은 장난감과 군것질할 수 있는 과자와 사탕들을 가지고 각 학교를 순례하며 대목을 누렸다. 또한 객지에 나갔던 사람들도 고향에 돌아와 서로 만나 정을 나누고 공부하러 대도시로 떠났던 학생들도 운동회를 통해 즐거운 만남을 즐겼다. 그래서 초등학교 운동회 날은 온 가족과 친척들이 모이는 추석 즈음으로 정하는 학교가 많았다. 특히 운동회를 통해 각 마을 대항 이어달리기, 줄다리기, 또 운동회의 피날레를 장식하는 마라톤까지 그야말로 운동회는 해마다 마을의 연례행사처럼 가장 즐거운 축제였다.

그러나 우리 집은 운동회에 가지 않았다. 학교에 가고 싶어도 갈 수 없는 나와 엄마는 운동회에 가면 더 우리의 처지가 처량해지기 때문이었다.

아버지는 돌아가시기 전에 내게 "어떻게 해서든지 안면중학교만 마쳐라. 그 다음엔 서울에 사는 둘째 큰댁 사촌형에게 가라."라고 하셨다. 서울에 사는 사촌형은 아버지가 서울에 계실 때 공부를 시켜 취직을 시킨 형이었다. 그러나 아버지가 돌아가신 후에 아버지의 꿈이고 내 꿈이던 안면중학교 졸업은 할 수 없었고, 소년 가장이 된 나는 사촌형을 찾아갈 수가 없었다.

나는 아버지의 빈자리를 채우는 소년 가장으로 안면중학교만 졸업하라는 말을 지키지 못했고 마를 캐러 다닐 때 하셨던 말씀 "돈을 좇지 말고 맡은 일에 대해 책임을 다하는 사람이 되라."는 아버지의 그 말씀만은 꼭 지키도록 노력했다. 아버지가 남긴 마지막 그 말씀은 내가 바른 길로 걸어갈 수 있는 좌우명이 되어 평생을 살아오는 동안 내가 맡은 책임을 다하도록 나를 인도해 주었다.

42년 동안 회사에 몸을 담았을 때도 베트남 한국투자 기업에 다녔을 때도 나이 들어 또 귀농한 후 농사일을 할 때도 지금 마을에 봉사 활동으로 경로 회장직을 맡고 나서도 나는 늘 아버지가 그때 하시던 그 말씀대로 책임을 다하는 삶을 살려고 노력하고 있다.

어느덧 팔순을 넘기고 보니 그때 아버지께서 해 주신 그 말씀이 성실하게 사는 삶의 근본이라는 생각이 든다. 그때 아버지는 당신의 삶이 그렇게 짧을 거라는 걸 아셨을까. 그래서 아들에게 좌우명으로 삼아야 하는 성실한 삶이 무엇인지를 말씀해주신 것인지도 모르겠다. 아버지는 평생 남들과 입 다툼 한번 없으셨고 항상 어려울 때도 친구를 좋아하셨다. 비록 가난한 생활을 하면서도 좋은 기억만 두고 가신 아버지 꿈에서도 아버지를 만나는 날은 하루 종일 내 삶이 충만하다.

나는 아버지가 돌아가신 후 장례를 마치자마자 아버지가

애지중지 하던 집 짓는 소목 대목 목수 연장과 값비싼 일본제 연장들까지 모두 피난민으로 안면도에 와서 사시는 분에게 드렸다. 아버지가 소중하게 간직했던 연장들은 통나무를 깎는 자귀, 큰톱, 작은 톱까지 큰 궤 두 개에 가득 찼다. 그분은 아버지가 쓰던 연장으로 안면도 일대에서 집을 지으며 부를 일궜고 지금은 그분도 세상을 떠나고 안 계시다.

뻘짐과 물막이 공사

아버지가 돌아가시던 해의 가을 날씨는 어찌나 쓸쓸하고 을씨년스러운지 보이는 것마다 처연한 슬픔이 묻어났다. 곧 엄동설한이 닥쳐오는데 양식은 바닥이 나서 당장 뭐라도 해서 굶지 않을 방법을 연구해야 했다.

눈물을 삼키며 학교를 그만두고 당장 굶는 식구들의 생계를 위해 돈을 벌어올 각오를 다졌다. 집에서 6킬로 쯤 떨어진 곳에 화성사 염전 제방 매립 공사를 끝내고 내부축조 작업을 하는 일자리가 있었다. 황해도에서 피난을 나온 사람들이 그 일터로 일을 다녔다. 나도 일자리를 얻기 위해 피난민들이 알려준 대로 갯벌을 지는 지게와 삽을 준비하여 그 사람들을 따라갔다.

비록 나이는 어리지만 어른들 틈에 끼어 먼 거리를 어른들보다 먼저 도착해서 저수지 제방 쌓는 일을 시작했다. 내가 할 수 있는 일은 염전바닥을 삽으로 파서 지게로 갯벌을 져 옮기는 일인데 내가 파낸 바닥의 깊이와 파낸 사방의 넓이를 재서 그날그날의 일당을 정해줬다. 다음날이 되면 전날 일한 만큼의 전표를 주었는데 그 전표가 몇 장 모아지면 이웃 동네에 가서 쌀로 바꿔왔다.

나는 부지런히 일해서 어머니와 동생들의 굶는 횟수를 줄이는 게 첫째 목표였다. 어머니는 어린 내가 일을 해서 사 온 쌀을 조금씩 아껴가며 내 도시락을 싸 주셨다. 나는 어린 동생들이 집에서 점심을 굶는다는 것을 알기에 어머니 몰래 도시락을 부엌에 두고 가곤 했다. 어머니는 내가 일을 나가면 뒷산 자락을 일궈 밭을 만드셨다. 나는 점심도 거른 채 갯벌에서 뻘지게를 지고 기진맥진한 채 집에 돌아오면 금방 쓰러질 것 같았다. 어떤 날은 뒷산에 올라가서 어머니가 일군 밭을 확인하기도 했는데 어머니가 밭을 일구지 않은 날은 어머니가 야속한 생각이 들었다. 나는 외람되게 어머니에게 우리 식구들이 앞으로 굶지 않고 살아내야 하는데 왜 밭을 일구지 않았느냐고 울면서 투정을 부렸다. 갯벌 짐은 져보지 않은 사람은 그게 얼마나 힘든 일인지 모른다. 같은 무게라도 염분이 배인 뻘은 보통의 짐보다 몇 갑절이 더 무거워 어깨 피부가 벗겨졌다가 다시 아물고 또 벗겨졌다가 굳은살이 박일 때까지 그야말로 뼈를 깎는 아픔이 연속되었다. 어린 나이에 이를 악물고 점심도 거르면서 일을 하니 그 고통과 어려움을 애매한 어머니께 쏟아내곤 했던 것이다.

어린 아들을 힘든 일터로 보내야 하는 어머니의 마음은 어땠을지 그때는 헤아리지도 못했다. 투정하는 나를 보면서 어머니가 얼마나 마음이 아프셨을까 이제야 후회가 된다.

우리 집 뒷산은 큰 소나무가 없고 잔솔이 우거진 곳이었는데 어머니는 여자의 몸으로 그 소나무들을 다 잘라내고 뿌리까지 캐내어 밭을 일구었다. 그 일이 얼마나 힘든 일인지 알면서도 나만 힘들다고 어머니께 투정을 부렸으니 얼마나 불효한 아들이었는지 돌이켜보면 그저 눈물이 앞을 가린다.

엄동설한을 간신히 넘기면서 정월 대보름 때도 나는 갯뻘 짐을 졌다. 그런데 보름날 어머니가 등너머 부자 동네인 광지 마을에 다니면서 몰래 밥을 얻어 온 걸 알게 되었다. 그 말을 다섯째 큰아버지가 말씀하셨는데 어머니가 얼굴을 가리기 위해 수건을 쓰고 바구니를 들고 밥을 얻으러 다녀서 창피하다고 당장 그 일을 그만두게 하라고 호통을 치셨다. 나는 창피하기도 하고 그렇게라도 자식들을 굶기지 않으려고 했던 어머니의 처지가 안타까워 가슴이 쓰리고 아팠다.

내가 일을 다니니 나무를 해오지 못해 땔감도 없어 방바닥은 얼음장처럼 차고 갈라진 벽과 문간에서 들어오는 찬바람은 온 식구들을 추위에 오들오들 떨게 했다. 갓 태어난 막냇동생이 가장 애처로웠다. 어머니가 제대로 드시지 못하니 젖도 부족해서 막냇동생은 제대로 울지도 못했다. 여섯 식구가 이불 한 장을 가지고 서로서로 당기고 몰아치는 추위를 막을 수가 없었다.

바닷물이 밀물과 썰물로 넘나드는 곳에 제방을 만들고 공유수면을 매립하는 공사란 쉬운 일이 아니었다. 바닷물이 만조가 되는 고조기 때나 조금 즉 저조기의 변화에도 적응을 해야 되기 때문에 어려움이 많았다. 제방 매립 공사 중 가장 힘든 일은 최후의 물막이 공사였다. 육지를 접한 양쪽 끝에서 가운데 물길을 향해 둑을 쌓고 점점 물길을 좁혀오는데 지형이 높고 지면이 단단한 곳은 그대로 두고 깊고 땅이 단단하지 못한 곳을 먼저 막아야 했다. 물살이 센 최후의 물막이 지점은 임시로 다리를 놓고 불리한 지역을 먼저 막아 놓고 최후에 보창막이 즉, 마지막 물막이 공사를 성공시켜야 제방 공유수면 매립 공사가 완성되었다.

당시 화성사 안면도 염전사업소에 제방매립을 책임진 토목기사가 천신만고 끝에 물막이 공사를 끝냈다. 그동안 뻘짐을 지고 돌을 나르고 장비를 부리던 모든 사람들이 환호성을 질렀다. 비로소 사람의 힘으로 지도를 바꾼 격이었다. 그 공사를 위해 엄청난 인력이 투입되었고 수많은 인부들이 한 삽 한 삽 흙과 돌을 실어다가 메운 결과였다.

그러나 그 기쁨은 12시간을 견디지 못했다. 만조 때가 되어 세찬 바닷물이 밀어닥치는 바람에 최후의 물을 막은 보창막이가 속절없이 터지고 말았다. 환호성이 탄식으로 바뀌는 순간 인간의 힘과 노력이 자연의 위력 앞에 속절없이 무너져 내리는 것을 보며 허탈했다. 보창막이 터지는 순간은 마치 화산이 분출하듯 물길이 용솟음쳤다. 인간이 자연을 정복한다는 게 얼마나 어려운지를 그때 처음 절실하게 느꼈다.

그 시절 안면도의 각 단체는 외부에서 안면도에 투자 사업을 하는 회사를 적극 도와야 된다는 분위기였다. 그래서 각계각층에서 물막이 공사에 관심을 갖고 학생들까지 막바지 물막이 작업에 동원하는 등 안면도 전체가 관심을 기울일 때였다.

물막이 공사의 실패로 결국 군산에서 오신 토목 기사는 책임을 지고 떠났다. 그 후 안면도 유지들이 나서서 일제 강점기 때 화성사 주변 정당3리 독개 앞바다를 매립할 때 매립 공사장에서 경륜을 쌓은 모 씨를 찾아 그분에게 다시 물막이를 맡겼다. 그분은 화성사 제방매립 공사장과 비슷한 물막이 성공 사례를 활용하여 다시 공사를 하기로 했다. 우선 큰 소나무를 베어 마지막 물막이를 할 지점에 우물 정자로 틀을 짜넣고 그 안에 돌과 흙을 채워 물막이 공사를 성공시켰다. 그로서 결국 ㈜화성사 안면도 염전사업소 천일염전 물막이 공사가 성공을 이루었다.

결혼을 하다

화성사 염전에 취직을 한 후 3
년 째 되던 무렵이었다. 회사에서 나를 아는 어느분이 술자리
에서 나를 사위로 삼고 싶다는 말을 했다는 소문이 돌았다.
그 무렵 어릴 때, 기루지에 함께 살던 외숙모는 자기 언니네
딸인 조카를 나한테 시집보내고 싶다고 말했다. 그때 지금의
처형도 내게 자주 연락을 했다. 그 당시 회사 사택에 군용전
화를 가설했는데 사무실로 전화가 와서 받으면 처형이 나를
꼭 오라고 했다. 무슨 일인지 몰라 궁금해서 가면 그때마다
맛있는 음식도 만들어 주었다. 어느 날은 처형의 가운데 동생
(나중에 내 아내가 됨)도 같이 자리할 때도 있었는데 자기 동생

만 놔두고 나에게 둘이 얘기를 나누라고 하고는 이웃집에 가곤 했다.

나 역시 수줍어서 간신히 말을 걸었지만 한번도 대답이 없어서 어색한 시간을 보내다 헤어졌다. 두 번째도 만났는데 역시 말이 없어서 그다음은 만나지 않기로 했다. 그런데 처형이 수줍어 말을 못하는 것이니 한 번만 더 만나라 해서 할 수 없이 편지를 써서 들고 나갔다. 편지에는 우리는 인연이 아닌 것 같다고 썼다. 편지만 전해 주려고 결심하고 만났는데 그날도 역시 대답이 없어서 혼자 몇 마디 건네고 편지 봉투만 놓고 일어나 회사로 돌아왔다.

다음 날 전과 다름없이 현장 염전부들의 출근 확인차 순회를 하면서 그 사택 앞을 지나는데 현재의 이질녀가 동생을 등에 업고 내 앞으로 오더니 편지 봉투를 건넸다. 나는 속으로 내가 전날 준 편지를 그대로 돌려 보내는구나 생각되어 기분이 나빴다. 부끄러운 마음으로 얼른 편지를 받아 뒷주머니에 구겨 넣었다. 사무실에 가서 일보부터 작성하고 나서 혹시나 하고 화장실에 가서 편지를 꺼내 펼쳤다.

그런데 이게 웬일인가. 내가 쓴 편지를 돌려주는 줄 알았는데 편지지에 깨알 같은 글씨가 빼곡했다. 나는 가슴이 두근거렸다. 편지 내용을 읽어보니 수줍어서 말을 못했는데 나를 좋은 사람이라 생각한다는 내용이었다. 그제야 나도 처형에게 규수가 맘에 든다고 말했다. 처형도 나를 진즉부터 제부로 삼고 싶었다며 반겼다. 그런데 장모님께서 귀한 딸을 가난하고 배움도 적은 나에게 보낼 수 없다고 극구 반대하셨다.

장모님은 몰래 큰며느리와 큰딸을 우리 동네에 보내 내가 사는 형편을 보고 오게 하셨는데 처형께서 모든 것을 다 감추고 친정어머니께 나를 적극적으로 권유해서 내 아내와 약혼을 했다. 그때 내 나이가 스물두 살이었고 아내가 열여덟 살로 1960년이었다. 그러나 여러 가지 여건이 금방 결혼할 수가 없었다. 약혼 기간 동안 우리는 참으로 즐거웠다.

부산에서 군대 복무를 하며 학원에 다닐 때였다. 모처럼 부산 시내를 구경하려고 용두산 공원 벤치에 앉아 있는데 옆 의자에 앉아 있던 아가씨가 말을 걸어왔다. 묻는 말에 대답을 몇 번 했는데 그 아가씨가 무척 상냥하고 밝아서 시간 가는 줄 모른 채 부산 시내를 조망하며 이야기를 나누었다. 그러다가 부대로 돌아가려고 자리에서 일어났는데 그 아가씨가 내게 말했다.

"군인 아저씨, 우리 집에 같이 가요. 우리 집 구경도 하고 놀다 가세요."

나는 당황해서 부대에 늦으면 안 된다고 서둘러 가야 한다고 했다. 그랬더니 잠깐이라도 같이 가자고 내 손을 꼭 잡아서 몹시 당황스러웠다.

나는 고향에 약혼자가 있다고 하면서 잡은 손을 뿌리치고 도망치듯 부대로 돌아왔다. 그때 나는 오직 고향에서 나를 기다리는 약혼자를 한시도 잊지 못하고 항상 그리워했는데 잠시 그 자리에서 그 아가씨와 이야기를 나눈 것이었다.

드디어 군대에서 제대한 후에 1964년 4월 30일 약혼한지 5년 만에 결혼식을 올렸다. 안면읍 중장 6리 서육개 처가에서 마당에 초례상을 차려 놓고 집안 분들과 동네 분들을 모시고 식을 올렸다.

처가에 도착해서 안방에 머물다가 초례상을 차려놓은 마당으로 들어서는데 동네 이장 어머니께서 내 옆으로 와서 내 얼굴을 살피더니 "그만하면 괜찮구먼."하고 말했다. 그 순간 나를 탐탁지 않아 하시며 반대하시던 장모님의 얼굴이 떠올라 얼굴이 화끈 달아올랐다.

초례상에 아내와 마주 섰는데 갑자기 아버님 생각이 나서 코끝이 찡했다. 억지로 눈물을 참았는데 그만 코피가 터져 얼마나 당황스러운지 몰랐다.

장인어른은 내 아내가 어릴 때 전염병으로 돌아가셨다. 그러나 농토도 많았고 장모님께서 알차게 살림을 꾸려서 8남매를 잘 키우셨다. 나의 아내는 위로 오빠와 올케들, 아래로 동생들이 있었는데 장모님이 남들과 달리 여자도 배워야 한다

며 아내를 초등학교에 보내 졸업을 시켰다. 아내는 결혼 후에
도 자신을 학교에 보낸 장모님께 고마워했고 아내는 나보다
글씨도 잘 쓰고 아는 것도 많아 나에게 과분한 사람이었다.

아내는 시집을 오기 전 하얀 천에 수실로 한 땀 한 땀
Sweet Home이라 수를 놓아서 혼수로 가져왔는데 우리 집은
독개에서 가장 가난해서 결혼 첫날부터 천장에서 쥐들의 달
음박질 소리를 들어야 했다.

꿈 많던 소녀가 동네 친구들과 어울려 수를 놓으며 행복한
결혼을 꿈꾸었을 텐데 나와 함께 튼 보금자리는 너무 보잘 것
없었으니 얼마나 실망했을까. 지금도 아내를 생각하면 한없이
미안하고 안쓰럽기만 하다.

게다가 원래 말이 없는 아내는 시집 식구들에게 오해도 많
이 받았다. 나와 약혼을 하기 전까지도 말이 없어서 나는 내가
싫은 줄 알고 오해했었는데 시집살이를 하는 동안에도 말이
없으니 집에서나 동료
직원들의 부인들과도
잘 어울리지 않았다.
가난도 이겨내기 힘든
데 어머니와 동생들과
함께 살 때도 미안함
이 많았다. 게다가 내

아내의 수예품

동생은 형수인 내 아내가 부잣집에서 시집와서 시집 식구를 무시한다고 생각해서 사이가 멀어지기도 했다.

아내는 아내대로 오해를 받으니 너무 서러워했다. 그 무렵 독개 윗동네 둘째 처남네가 이사를 왔는데 아내가 처남 집에 가서 기둥을 붙잡고 서럽게 울었다는 말을 들었을 때 가슴이 미어지는 것 같았다. 가난한 집에 시집을 와서 동생들은 많고 갖춰진 것은 하나도 없으니 마음고생이 너무나 컸을 것이다. 친정에서는 귀한 딸로 좋은 옷만 입고 고생을 모르고 살다가 결혼하자마자 가난과 싸워야 했으니 오죽했겠는가.

회사에서 제공한 사택으로 이사해서 살 때도 아내에게 미안한 일들이 많았다. 아내는 특히 무서움을 많이 타는데 사택은 외따로 있어서 다른 직원들이 다 퇴근하면 나를 기다릴 때가 가장 무섭다고 했다. 나는 사무실에서 늦게까지 마무리를 하느라 항상 퇴근이 늦었는데 아내는 그때마다 밖에 나와 불이 켜진 사무실을 바라보며 무서움을 달랬다. 어디 그뿐인가. 양식이 부족해서 큰 애를 키울 때 젖이 나오지 않아 제대로 못 먹었다면서 지금도 큰 애 생각만 하면 미안해 어쩔 줄 모르는 아내를 보노라면, 다 남편인 내가 부족해서라는 생각에 가슴이 쓰리다.

아내는 그때 마음껏 못 먹인 게 평생 한이 된다면서 요즘도 허리병을 견디면서 일을 해서 아들에게 뭐라도 주려고 노력한다.

내가 서울로 간 후 남동염전 근처에 있는 회사 사택 한 동을 둘로 나누어 두 집이 살 때가 있었다. 그때도 아내는 시장에 가면 100원짜리 요구르트도 돈이 아까워 사지 않았다고 했다. 애들을 학교에 보낼 때도 딸애 가방을 챙겨주다가 필통에 안 보이던 연필이 보여 무슨 연필이냐고 물어서 교실에서 주웠다고 하니 잃어버린 애가 얼마나 찾겠느냐 당장 학교에 가져가서 선생님 드리라고 아이를 나무랐다. 그런 아내를 보며 나는 나보다 아내가 훨씬 진실한 삶을 살고 있구나 라고 느낄 때가 많았다.

만수동 단독주택에 살 때였는데 앞 골목 가게에서 마늘을 살 때였다. 터무니없이 비싸다는 생각에 한 통만 더 달라 했다가 거절해서 그냥 오는데 집에 와서 거스름돈을 세어보니 돈이 더 온 걸 알고 곧바로 가게로 가서 주인아저씨에게 "마늘 한 통만 더 달랬더니 마늘은 안 주시고 돈은 왜 이렇게 많이 주셨어요? 돈은 아깝지 않으세요?" 하며 여유로운 유머로 돈을 돌려줬다는 말을 듣고 나도 감동을 했다.

아내는 지금도 한결같이 성실한 삶을 살고 있다. 우리가 운영하는 펜션에서 쏟아져 나오는 쓰레기 중에서 병들을 모아 재활용으로 분리하는데 그때마다 아내는 반드시 일일이 라벨을 뜯어내서 분리한다. 아내가 생활 속에서 보여주는 산교육

덕분에 아이들도 모두 올바른 길로 갈 수 있었다.

어느 날, 큰 처남댁 돼지가 우리에서 뛰쳐나와 큰처남이 돼지를 몰던 중이었다고 한다. 아내는 그것도 모른 채 열심히 앉아 일을 하고 있었는데 큰 처남이 아내에게 돼지 좀 같이 몰아주지 어쩌면 그리 모른 체 하느냐며 농담 삼아 돼지를 몰던 몽둥이로 내 아내를 때리는 시늉을 했다며 생전 처음 자기 오빠한테 몽둥이로 맞았다고 나에게 말했다. 나는 평소에 말이 없고 너그러우신 큰 처남을 잘 알기에 아내에게 "군자 중에 군자인 당신 오빠한테 무슨 잘못을 했기에 맞기까지 했소?" 하고 물었더니 아내가 장난꾸러기처럼 말했다.

"돼지를 모는데 조금만 거들어주면 얼른 우리로 보낼 수 있는데 모른 체 하고 제 할 일만 했다고 그럽디다."

"큰처남 좀 도와주지 무슨 일을 그리 골똘하게 하고 있었기에 모른척했소?" 했더니 "김경태 생각하다 그랬지?" 하는 게 아닌가. 아내는 가끔 어린아이처럼 나를 놀래 줄 때가 있다.

어느새 아내와 함께 한 세월이 약혼 기간 5년 말고도 57년이 되었다. 문득문득 어려웠던 그 옛날을 생각하면 아내에게 점점 미안해져서 남은 여생이라도 아내를 위해 더욱 최선을 다하려고 노력하고 있다.

아버지의 빈자리

아버님을 많이 닮은 둘째 동생
이 갯벌 논에 벼농사를 지어 굶기를 밥 먹듯 하던 가난한 삶
이 조금씩 나아질 때였다. 손재주가 아버지를 닮은 둘째 동생
은 아버지가 짓다만 집도 조금씩 손질해서 모양새를 갖추기
시작했다. 아버지가 돌아가신 직후에는 땔감도 모자라서 독개
벌판에서 마른 갈대를 베어다 겨우 밥을 끓이곤 했는데 동생
이 먼 곳까지 가서 나무도 해왔다. 동생은 생각이 특이했다.
보통 사람들은 멀리 나무를 하러 가서 지게에 지고 오는데 둘
째 동생은 무거운 나무 다발을 단단히 묶어서 산 위에서 산
아래로 굴렸다.

스스로 깨우친 창의력이었을까? 어린 나이에 지게로 질 수가 없으니 그렇게 머리를 짜내서 집안 살림에 보탬이 되었다. 아버님 생전에 간척지에서 배분된 8백여 평 한 필지와 다섯째 큰아버님께서 얻어주신 9백 평의 두 필지의 농지가 있었는데 분배받은 논을 팔고 사기 시작했다. 나는 우리 논 근처에 팔려고 나오는 논이 있으면 형편이 되는대로 사기 시작했다.

어느 날, 우리 논 옆에 9백 평짜리 논이 나와서 혹시 다른 사람에게 팔릴까봐 깜깜한 밤중에 회사에서 출발해서 우리 동네를 지나 산고개를 넘어 산속에 있는 논 주인에게 갔다. 집도 잘 몰라서 셋째 동생을 앞세우고 가서 집주인을 만났다. 팔려고 내놓은 논을 내가 사기로 하고 다음 날 계약금을 가지고 갔더니 그 사이에 돈을 더 준다는 사람이 있어서 그 사람에게 팔기로 했다고 말했다. 나한테 팔기로 한 값은 15만 원인데 16만 원을 주고 산다는 사람이 있어서 그 사람에게 판다는 것이었다.

나는 그 자리에서 "그럼 5천원 더 드릴테니 16만 5천원에 저한테 파세요." 했다. 계약서를 쓰는데 셋째 동생이 쫓아와서 왜 그렇게 비싸게 사느냐 따지기에 "두고 봐라. 먼 훗날 이보다 더 비싸질테니 걱정하지 마."라고 했다. 그날 밤 꿈에 아버님을 뵈었는데 꿈에서도 울고 잠이 깨어서도 베개가 흥건하게 젖도록 울었다. 지금도 그때 아버지가 나를 도와주셨구나라는 생각이 든다.

그때 나는 참으로 열심히 일했다. 새벽부터 일어나 밤이 늦어야 하루 일과가 끝이 났다. 식사도 사택에서 하고 잠은 숙직실에서 자니 항상 잠이 부족했다. 할 일은 많은데 얼마나 졸리는지 어떤 날은 책상에서 서류 정리를 하다가 엎드려 깜빡 졸기도 했다.

집집마다 밥 먹는 식구 하나 줄이는 게 큰 도움이 되던 때라 나는 사택에서 밥을 먹었으니 한 입은 던 셈이었고 둘째는 아래 동네 다섯째 큰아버지 댁에 보내 부엌에서 불도 때 주고 심부름도 하게 했다.

큰어머니께서는 어머니와 같은 담양 전씨로 서로가 어려운 살림에도 우리를 많이 걱정하면서 동생에게 밥은 큰댁에서 먹게 했다. 동생이 어느 날 어머니께 "나 큰댁에 불 때러 안 가고 싶다."는 말을 했다고 들었을 때 가슴 한 곳이 찌르르했다. 지금도 그 생각만 하면 그때 어머니의 가슴은 얼마나 쓰렸을까? 또 밥 한 끼를 얻어먹기 위해 불을 때러 가야했던 동생 모습이 짠해서 가슴 한쪽에 휑하니 찬바람이 분다. 그 정경이 문득문득 생각나서 팔십이 넘도록 그 동생만 보면 안쓰럽기만 하다. 특히 아버지가 일찍 돌아가시지 않았으면 고명딸이라 귀여움을 독차지 했을 텐데 지금은 출가해서 잘 살고 있지만 문득문득 그때 생각이 나서 마음이 아프다.

동생의 결혼식 때 나는 오라비로 후행을 가면서 절대로 울지 않겠다고 다짐을 했는데 고생만 하다가 시집을 간다 생각하니 가슴 저 밑바닥부터 올라오는 설움이 북받쳐 불쌍하고 안쓰러워 그만 여러 사람 앞에서 또 울보가 되고 말았다.

둘째 동생에게 지금도 미안한 일이 있다. 당시에 나는 직장에 열심히 다니기로 작정하고 동생한테는 우리가 원하는 독개에서 어머니와 함께 논농사를 잘 지어야 된다고 했다. 그런데 동생은 내 생각과 달리 앞 동네의 정미소 일을 도와주는 등 방앗간 기술을 배우고 싶어 했다. 나는 동생을 타이르다 처음으로 큰소리까지 내고 말았다. 그 일이 가끔 생각나서 형으로서 부끄럽기도 하다. 동생은 그 후에도 어머니를 도와 샘도 파고 집 손질도 잘해 나가며 농사일도 열심히 하다가 군대에 갔다.

셋째 동생을 떠올리면 지금도 아버지가 돌아가셨을 때의 정경이 떠올라 가슴이 아프다. 채독에 걸려 점점 병이 위중해진 아버지가 승언리 셋째 큰아버지 댁에 임시로 거처하면서 약을 썼지만 차도가 없었다. 서리가 하얗게 내린 날 아버지를 뵈러 가는데 그날따라 하늘은 어찌 그리 맑고 청명한지 어린 내 마음에 슬픔이 유리구슬처럼 되비쳤다. 큰아버지 댁에 들어가니 아버지는 이미 돌아가신 후였다. 방에 들어가자마자 울고 있는데 겨우 여섯 살인 셋째 동생이 문밖에 서서 울고 있었다. 동생의 옷은 저고리였는데 어머니가 소청으로 만든 홑저고리에 단추도 없이 끈으로 가슴을 한 바퀴 돌려 맨 옷인데 붉은 색깔의 옷을 입고 추워서 오들오들 떨며 울던 동생을 보니 슬픔이 더 밀려왔었다. 아버지가 돌아가신 후 동생은 독개에서 살았기 때문에 안면초등학교에 입학할 수 있었다. 동생은 공부도 잘해서 우등상도 받아와 식구들을 기쁘게 해 주었다. 셋째 동생은 그 당시 안면도 11개 초등학교 중에서 안면중학교 입학시험 때 2등으로 합격하여 중학교를 좋은 성적으로 졸업했다. 그러나 글씨만 보면 머리가 아프다고 고등학교 진학을 포기하고 어머니를 도와 농사를 짓겠다 하고 둘째 동생이 군대에 간 후 어머니와 농사를 잘 지어 일 년에 쌀을 칠, 팔십 가마니씩 추수를 했다.

어느 해 가을에 벼를 수확하러 갔더니 벼가 제대로 익지 않고 벼이삭이 하늘을 향해 서 있었다. 그 해 큰 흉년을 만나 결국 농사일이 다 그렇듯이 날씨가 받쳐줘야 성공할 수 있었다.

아버지께서 직업을 바꾸면서까지 독개로 이사를 했기에 그 뜻을 이어받아 장남인 내가 아버지께서 짓다가 만 그 집도 영구히 잘 가꾸어 보존한다는 생각도 했었다. 그러나 4형제 중 유일하게 농사에 전념하는 셋째 동생. 아버지가 돌아가신 날 울던 애처로운 그 동생의 모습이 늘 눈앞에 어른거려서 나는 비록 직장생활 중이지만 동생을 안쓰럽게 생각하고 있었다. 그 동생이 어려운 농사일을 평생 하는 것 때문에 미안해서 그 동생에게 넘겨주었고 그간 사들인 밭도 넘겨주고 어머니와 같이 일구어 놓은 밭과 논도 두 필지 주었다.

그런데 셋째가 유일하게 깊은 논만 주어 고생한다 해서 한편 미안한 생각이 들기도 했다. 그러나 나는 내 몫까지 동생한테 줘서 어떻게 하든 모두 독개 우리 농토를 셋째가 갖도록 해야 한다는 내 신념대로 정리했다. 인천 만수동 집 앞에 있는 구월지구 구획 정리를 할 때도, 군산에서 온 동료가 "김 과장, 시골 농토 있으면 다 팔아다 여기에 사둬. 나도 그렇게 했어." 하고 권했지만 나는 안면도 독개로 이사한 아버지의 그 뜻을 꼭 이루려고, 농사짓는 동생이 성공하도록 빌었다. 그 당시 구월지구 땅값이 독개 논 값보다 쌌지만 그때 내가 팔아서 구월지구를 샀다면 엄청난 시세 차익을 올렸을 것이다. 그러나 나는 절대로 후회하지 않는다. 이후에 셋째는 막내가 있는 중동까지 다녀와 형편이 좋아졌을 때 나는 그동안 내가 생각한 대로 내 몫의 논을 셋째에게 인수하게 했고 나 역시 문전옥답보다 더 값진 논을 살 수 있었다. 내가 산 논은 김월배 교수님 부친께서 현대 농법에 맞추어 개발한 정터골 앞 간척지를 동생과 같이 마련하게 되었다. 동생도 나도 꿈을 이루었다 생각하니 김준희 어르신께도 항상 감사하고 기쁘기만 하다.

막냇동생

화성사 염전 사무실에서 근무를 끝내고 야간에 피곤한데도 나는 불시에 독개 집으로 가보곤 했다. 열두 시가 넘은 시각에 셋째가 열심히 공부하는 것을 보면 모든 고단함이 싹 가시면서 가슴이 뿌듯했다. 비록 나와 둘째는 공부를 하지 못했지만 셋째는 잘하고 있어서 고마웠다. 그런데 막상 셋째가 고등학교 진학을 앞두고 글자만 보면 머리가 아파 고등학교 진학을 포기한다고 했을 때 얼마나 아쉬웠는지 모른다. 유복자인 막냇동생은 중학교 때도 형과 달리 쿨쿨 잠만 자고 있어서 회사 숙직실로 돌아오면서 어떻게 하면 막내를 공부시키나 노심초사 했었는데 셋째마저도 고등학교에 가지 못하는 상황이 되니 4형제 중 막내 하나만이라도 꼭 가르치고 싶은 마음이 굴뚝같았다.

그런데 철부지 막내는 애타는 형의 마음과는 아랑곳없는 것 같아 야속했다. 나는 어떠한 고통이 따르더라도, 설사 용산시장에서 리어카를 끌더라도, 아버지 얼굴도 모르고 불쌍하게 큰 막내 정태만은 꼭 공부를 시키겠다고 다짐했다.

드디어 막내가 안면중학교를 졸업하고 고등학교 진학 시험을 보러 갈 때였다. 내 직장 선배 자제인 김모군과 막냇동생을 데리고 서울 충암고등학교 입학시험을 보러 다녀왔는데 불행히도 둘 다 합격권에 들지 못했다. 보결생으로 오만 원을 내면 입학이 된다는 말을 듣고 분통이 터졌다.

나는 동생에게 말했다.

"정태야, 어떻게 하든 네가 합격만 하면 이 형이 무슨 일이 있어도 너를 끝까지 가르치겠다. 돈이 문제가 아니고 공부해서 합격을 해야만 형이 학교에 보낼 테니 네 힘으로 꼭 합격하도록 해라."

동생은 그 후 재수를 했고 얼마나 열심히 공부를 했는지, 다리가 퉁퉁 붓도록 앉아 열심히 공부를 했다. 결국 동생은 대학입학에 성공했다. 겨우 책상 하나 놓으면 꽉 차는 마포 굴레방 다리 밑 좁은 방에서 학교 다닐 때 하루는 동생이 어머니께 "왜 이렇게 우리 집은 가난하냐? 다음에 내가 커서 돈

을 벌면 나만이 아니고 불쌍한 분들을 모두 도와주겠다.”고
했다는 말을 듣고 눈시울이 붉어졌다.

　동생과 함께 고등학교 입시를 치러 데리고 갔던 선배의 아
들이 충암고등학교에 입학하여 교복을 입고 우리 동네에 왔
는데 그 모습을 보니 마음이 아프고 후회가 되었다. 만약 그
때 내가 형이 아니고 아버지였다면 어떻게든 입학을 시켰을
텐데 나는 한 다리 건너 형이라 동생을 재수시켰나 싶어서 눈
물이 또 나왔다. 그러나 막냇동생은 그때부터 열심히 공부해
서 3,600여 명 학생 중 총학생회장도 하고 장학금도 탔다.

　그 후 어느 날 막내로부터 전화가 왔다. 보은에 사는 아가
씨와 사귀고 있는데 서울로 와서 나와 상면을 하고 싶다는 연
락이었다. 용산에 있는 식당에서 보기로 했다. 그 아가씨 댁
은 3만석을 하는 부자집이라고 했다. 종가집 아가씨가 내 막
내와 혼담이 오간 것이었다. 아가씨 집에서 네 분이 왔는데
모두 부티가 나고 방송국에 근무했다는 분은 아주 풍채가 좋
았다.

　그분들을 만나니 내가 더 초라하게 느껴졌다. 당시 자가용
은 회장님만 있는 줄 알았는데 현대에서 처음 생산한 포니를
타고 왔다.

　첫인사가 끝나자 규수의 아버지께서 말씀하셨다.

　“우리 혼사가 여기까지 왔으니 정혼합시다.”

순간 나는 잠시 침묵을 지키다가 입을 떼었다.

"아닙니다, 제 생각은 혼인이란 쌍방이 비슷한 환경이라야 하는데 저는 이 혼인을 반대합니다."

내 말에 막냇동생 얼굴이 당황하는 모습으로 변했다. 내 생각은 그동안 아가씨 집에서 반대를 해 왔으니 아무리 불리하다 해도 할 말은 해야 한다고 생각했다. 그리고 자랑스러운 내 동생인 막내를 비굴하게 할 수는 없었다. 어디다 내놓아도 손색이 없는 자랑스러운 동생을 무시당하게 하고 싶지 않았다. 그날 동석한 아가씨의 작은 아버지들이 내 말에 어떻게 생각을 할까 싶었지만 나는 위풍당당한 네 분 앞에서 내 동생을 위해 아버지의 마음이 되려고 노력했다.

내 말이 끝나자마자 아가씨의 아버님께서 자리에서 벌떡 일어나 내 두 손을 감싸 쥐고 말했다.

막냇동생 김정태

"그러지 마시고 사돈 맺읍시다."

나보다 연세도 높으신 분의 단도직입적인 말씀

을 듣고나서야 나는 적이 안심이 되었다. 원래 내 생각도 상견례를 잘 마치려고 했던 터라 공손하게 "그렇게 하시지요." 라고 말했다. 그때 형인 내가 당황스럽게 말해 동생에게 미안했던 기억이 지금도 남아있다. 하지만 나는 내가 자랑스럽게 생각하는 동생의 기를 살려주고 싶던 마음 뿐이었다.

막냇동생은 그 후 사회에 진출하여 뜨거운 모래바람이 요동치는 사우디아라비아 등 중동에서 40년이 넘게 기업가로 활동하면서 학생 때 했던 말을 후회 없이 실천하고 있어 항상 자랑스럽다.

우진인더스트리알 회사가 시공한 중동건설사업장

잊을 수 없는 초등학교 동창들

안면도에서 두 번째로 역사가 깊은 초등학교는 안면초등학교 다음으로 안중초등학교였다. 그 당시 충청남도 서산군 안면면 중장리에 자리한 안중초등학교는 안면도의 중간에 있고 학생수도 작지 않은 학교였다.

나는 어린 시절을 서울에서 보내고 아버지를 따라 홍성으로 내려와 홍성초등학교 1학년에 그 후 안면도로 이사해서 고남초등학교 2학년으로 전학했다 아버지께서 안면도 기루지에 집을 장만해서 이사를 오게 되자 3학년 때는 안중초등학교에 전학을 가서 4학년까지 공부하고 형편상 5학년 진학을 포기했다.

학교를 그만 둔 나는 뒷산 통봉으로 땔감을 구하러 다니느라 가고 싶은 학교를 못가고 평생 동안 초등학교 4학년 졸업생으로 한 맺힌 배움의 주림을 안고 살았다.

게다가 6·25전쟁으로 우리 집 형편이 더욱더 어려워져 할 수 없이 5, 6학년을 다니지 못했고 아버지께서 아무리 형편이 어려워도 공부를 시키려고 안면중학교가 생겨 인가를 받기 위해 학생들을 연중 모집 할 때 학기 중간인 9월 25일에 입학을 시켜주셔서 3개월 동안 중학교를 다니다 아버지께서 11월 초 세상을 떠나셔서 그마저도 중퇴하고 말았다.

마침 그 무렵 안면도에 천일염생산을 위해 염전을 개발하신 정동근 회장님께서 우리를 불쌍히 여기시고 나를 끝까지 키워주셔서 그 회사에 무려 40년을 근무했다.

그 후 정경한 이사께서 또 나를 계열사인 마포 대경주유소에 소장으로 채용해 주셨고 그 후 바로 주유소 대표로 지명하시고 사업자등록까지 내 앞으로 내 주셨다.

회사에서 정년을 넘기고 또 주유소에 근무하면서 42년이 가까워 올 즈음에 안면도에 사는 친구가 서울 마포 대경주유소로 나를 찾아왔다. 친구는 안중초등학교 졸업도 못한 나를 동창생으로 생각하고 모임에 나오라고 해서 감동을 받았다. 안면도에서 서울까지 그 먼 길을 찾아온 그 친구에게 대접을 잘했어야 했는데 겨우 차 한 잔으로 끝낸 일이 두고두고 후회가 된다. 각지에 흩어져있는 안중초등학교 4회 졸업생 동창들이 늦게나마 서로 만나 수십 년째 이어져 오면서 즐거운 시간 갖게 하고 우정이 깊도록 해 준 김문환 동창회장이 존경스럽다. 그 친구도 형편상 학교 공부는 많이 못했어도 부지런히 노력하여 사업도 성공을 거두고 자녀들도 훌륭하게 키워냈다. 그 친구는 가끔 지방신문사에 글을 써내면서 서예도 열심히 배웠다. 그 친구가 이방원의 '하여가'와 '적선지가 필유여경' 등을 써 줘서 내가 운영하는 펜션과 내 방에 걸어 놓았다.

졸업사진 한 장 없이 겨우 2년 같이한 안중초등학교 4회 졸업생들이 나를 모임에 받아 주고 스스럼없이 대해주니 나도 동창모임이라면 열 일 제쳐 놓고 참석하고 있어서 동창회 날이면 마냥 즐겁다.

나이가 80을 넘기다 보니 더러 세상을 떠났거나 멀리 객지에 살고 있어서 안면도에서 네 쌍만 자주 만나고 있다. 요즈음은 코로나 방역을 지키기 위해 여자 남자로 나누어 네 사람씩 만나고 있다. 만나서 회식을 할 때마다 우리 집사람은 동창부인들과 손바닥을 서로 마주치며 파이팅을 시작으로 즐거운 시간을 자주 보낸다. 나이는 들었어도 어떤 때는 철부지처럼 즐겁고 기쁜 사이가 동창이라는 생각이 든다.

모임 후 헤어질 때는 항상 서로에게 아프지 말고 건강하라고 판에 박힌 인사를 나눈다. 누군가가 혹 병원에 입원했다

만나면 서로들 안타까워하며 우리 안중초등학교 4회 졸업생 내외 총 여덟 명은 항상 건강하고 즐거운 생활이 계속되고 있으니 동창들과 회장에게 나는 늘 고맙게 생각한다. 지금도 나는 많은 모임 중에서 동창 모임 날이 가장 기다려진다.

1994년 제4회 안중국민학교 동창회

아내와 우리 형제들

내가 처음 본 내 아내 모습은 천진난만하고 수줍은 처녀였다. 흰 저고리와 검정 치마를 입고 고무신에 머리는 땋아 허리 아래까지 늘어뜨린 모습이 지금도 눈에 선하다.

장인어른께서는 아내가 어렸을 때 세상을 떠나셔서 아버지의 모습도 잘 모르는 아내는 어릴 때 장모님 심부름으로 '아버지 식사하세요.'라는 말도 못해서 장인어른 앞에 가서는 말도 못하는 수줍은 소녀였다고 한다. 동네를 지날 때도 어른들이 "너 참 예쁘구나!"라고 하면 그 다음부터는 동네 어른들만 만나면 고개를 숙이고 다녔다니 부끄럼도 무척 심했던 모양이다.

아내는 8남매 중 중간이라 위로 큰 언니와 오빠 셋과 아래로는 남동생 둘, 여동생 하나를 두었다. 가정 형편은 넉넉한 편이라 장모님께서 셋째 처남은 서울로 유학을 보냈고 마을에서 여자들은 학교에 보내지 않았어도 내 아내를 학교에 보내셨다. 아내는 항상 장모님께 고마워했다.

아내는 나에게 시집을 오기 전에 두 올케가 살림을 했기 때문에 아내는 귀여운 딸로 또 처남들이 아끼는 여동생으로 나에 비하면 훨씬 귀하게 자랐다.

아내는 소박하고 천진난만한 생활환경에서 큰 고생을 모르고 그저 착하게만 자랐다. 아내는 장모님과 처남댁들 간에 얽힌 일이 있을 때도 절대로 장모님 편을 들지 않고 처남댁의 편에서 올케들을 감싸주는 아량을 베풀었다. 보통 시누이들은 올케들에게 시누이 노릇을 할 법도 한데 아내는 자기 올케들이 밭에 나가 늦게까지 일하고 돌아오면 저녁 준비를 잘해놓고 기다려서 올케들이 항상 고마운 시누이라고 좋아하며 사이좋게 지냈다고 하니 나는 아내의 아량과 고운 마음을 훌륭하다 생각했다.

아내가 나와 사귀는 중에도 처형은 약혼을 서둘렀지만 장모님은 나에 대해 가난하고, 학벌도 약하고, 또 인물도 그렇다고 탐탁지 않게 생각하셔서 처형이 꼭 나를 제부로 해야 한다고 노력을 했다. 나와 아내를 맺어준 처형은 자식들 다 결혼시킨 후, 나이 들어 홀로 살았는데 여가 시간이 많을 때 우리 집에도 오시고 인천에도 오셨다. 또 안면도로 귀향한 후에는 팔순을 훨씬 넘길 때까지 서울에서 자주 오셨다. 그때마다 아내와 잠깐 서울 집에 가셨다가 곧 우리 집에 와서 같이 생활했다. 여행을 갈 때도 거제도 딸네가 외도를 모시고 갈 때도 처형과 함께 했다. 처형은 구순을 넘겨 노환으로 누워계신 몇 년을 제외하고는 아내와 같이 사셨다.

내가 베트남에 간 후에도 무서워하는 아내를 위해 컨테이너 박스 생활도 마다않고 같이 고생하신 일들이 모두 감사한 일이다.

아내는 큰 고생을 모르고 그저 학교 졸업하고 겨우 다니는 곳이 등 넘어 화성사 사택 언니네 다녀가는 일이 전부였고 심지어 광천 장배타고 5일 장도 한번 가보지 못했다. 동네 친구들과 바다에 가서 게 등

나와 아내를 연결해 준 처형(아내의 뒤쪽)

을 잡아 오는 일이 고작이었고 또 봄이면 산에 가서 산나물 뜯는 일 외에는 가본 데가 별로 없었다. 친구들과 모여 결혼 준비로 한땀 한땀 자수를 놓아 분홍빛 꿈을 꾸었을 아내가 꿈에 그리던 결혼을 했지만 가난뱅이인 내 집에 와서 고생만 했으니 그저 미안하고 또 미안하다.

가난한 집에 시집을 와서 형편이 어려운 시기에도 자식보다 시동생들을 위해 마음을 써주던 일들도 고맙다. 시어머님인 내 어머니 회갑 때 마음고생이 심했는데 밭일과 논농사에 어려운 일들을 원망하지 않고 다 헤쳐 오느라 결국 속아리병(속애피)에 걸렸다. 아내는 자주 통증을 일으켜 며칠씩 배가 아프다 해서 전국 내로라하는 병원과 한약방을 찾아다니며 치료해도 별 효과가 없어 무려 3년을 고생했다. 결국 서울대병원에서 치료를 받고 나은 일을 생각하면 그 고통을 이겨낸 아내가 참으로 대견하고 고맙다.

연이어 동생들 결혼식을 주선하고 대사를 치르는 일은 또 얼마나 힘겨웠을까. 시어머니 환갑에 제일 돈이 많이 필요한 금비녀와 금가락지 준비가 걱정일 때 아내는 선뜻 자기 결혼반지 두 돈 반을 다 내놓으며 시어머니 패물에 보태라 할 때 나는 고마워서 나도 모르게 눈시울이 젖고 말았다.

그 후, 어머니는 큰며느리의 심정도 모르시고 돌아가실 때라도 아내에게 돌려주었어야 했는데 누구를 주었는지 알 수가 없어 그때는 서운했지만 다 지난 일이다. 그 후 유복자인 막내 결혼까지 준비해 결혼식 치르고 난 다음이었다. 그때 나 자신도 여전히 살기가 어렵고 마음속으로 지쳐 있을 때라 동생들의 협조가 안돼서 서운했었다. 그때 처음으로 나는 아내에게 미안해서 막냇동생의 결혼 비용을 계산하면서 동생들에게 고춧가루 간장까지 모두 계산하라 했었다. 한편으로 동생들이 생각할 때 형인 내가 왜 저러나 했을지도 몰랐을 것이다. 그때 나는 아버지가 돌아가신 후, 동생들을 위해 온 고난을 무릅쓰고 살았는데 왜 협조가 안되는지 몹시 회의를 느끼고 있을 때였다.

그러나 지금 생각해보면 어느 동생도 갓 결혼 후 모두 어렵게 생활할 때라서 선뜻 형인 나를 도와 협조할 처지가 아니었다는 것을 이제야 느끼고 있다. 이 모두는 어려움을 이겨내는 과정이었다고 생각된다. 그때가 내 생애 중 가장 힘들었던 고개였구나 싶다. 간장 고춧가루까지 계산하라 했던 나를 원망했을 동생들도 이제 자녀들 결혼들도 다 시켰고 그토록 힘들게 아버지의 빈자리를 채워 나오기까지 누구를 탓하기 전에 나는 어떻게 했는지를 늘 마음에 담기를 바랄 뿐이다.

아내가 속병을 얻어 고생할 때도 남들이 시동생들만 거두고 정작 자기 자식들 커가는 데는 신경을 못 써서 그렇다고 나한테 충고를 하는 사람들도 있었다. 나는 아내의 마음을 헤아리지 못하고 불쌍한 동생들에게 잘해야 된다는 신념만을 내세워 아내에게는 고집불통이었으니 아내는 말도 못하고 속병만 깊어 갔던 것이다.

이제는 우리 형제 모두 그토록 어려울 때 도움을 주신 모든 분들에게 백에 하나라도 죽기 전에 갚아야 된다 생각하면서 우선 나부터 고마웠던 분들을 생전에 모셔서 점심 한 끼라도 대접하면서 감사의 뜻을 전해야 된다는 생각이다. 앞으로 동생들도 모두 기회를 만들어 실천에 옮기라고 형으로서 간곡히 당부하고 싶다.

막내가 학교 다닐 때 더 잘 해 주어야 하는데 형편이 허용하지 못했고 형제들 누구도 자기 살기 버거워 동생의 고생을 헤아리지 못해 공부하느라 얼마나 고생이 심했을지 미안하기 그지없다. 하지만 어려운 환경에서도 꿋꿋하게 자라고 공부도 열심히 해서 또 훌륭하게 사회에 진출했으니 얼마나 자랑스러운지 모른다.

이역만리 중동에 가서 모래바람을 헤쳐 가며 모진 고통과 역경을 이겨내 마침내 기업가가 되기까지의 장한 모습이 참으로 자랑스럽고 고맙다. 하늘에 계신 아버지께서도 무척 자랑스럽고 기뻐하실 것이라 믿는다.

그 무렵 막내의 형수인 내 아내는 혼자 공부하고 있는 시

동생 반찬이라도 해다 주고 싶지만 그럴 수 없어서 아쉽다고 말했다. 어느 날, 고등어조림을 조금 해다 주고 오니 큰애가 남은 국물에 밥을 비벼 먹고 있더라면서 왜 이렇게 가난하냐고 한탄하던 모습이 지금도 그 정경이 떠오를 때마다 눈시울이 붉어진다.

내가 퇴직 후, 안면도로 귀향해서 컨테이너 생활을 시작할 때 동생 내외가 열하루를 양대리에 있는 동생 집에 가서 자면서 열심히 컨테이너 위 지붕을 씌웠다. 둘째 동생은 콘테이너 난방장치를 위해 보일러를 사다 놔 주고 독개 집을 고치듯 열심히 해 주어서 컨테이너 생활이 어느 덧 20여 년이 넘도록 둘째 덕분에 잘 지내고 있어서 둘째한테도 정말 고맙다.

셋째는 어느 형제보다 정성껏 어머니를 모셨다. 큰아들인 내가 모셔야 된다 하고 내가 모실 때도 동생들 모두 형을 도와준다고 역할 분담을 하자 할 때도 얼마나 고마운지 몰랐다.

막내가 성공을 했어도 나만을 위해 모든 처사를 한다면 옳지 않다 하겠지만 학생 때 결심한 생각대로 모두에게 도움이 되는 일을 하는 것을 보면 참으로 장한 일이고 형으로서 고맙고 감사하다. 더구나 부족한 나에게 그 열풍을 헤치고 벌어온 큰 금액 일억이란 돈을 준 막내에게 나는 평생 가져볼 수 없는 금액을 지원해줘서 나는 그 돈을 씨앗 삼아 펜션으로 꾸며 보존하고 있다. 하늘로 가신 우리 아버지 어머니께서 제삿날이나, 또 명절 때 오시면 편히 다녀가시는 집을 펜션으로 생각하고 있다.

나는 펜션을 하면서 누구의 도움 없이도 유지비와 전기료를 충당해서 영구 보존의 틀을 만들어 지금 얼마나 기쁘고 보람을 느끼는지 아낌없이 후원해 준 막내에게 너무나 고맙다. 막내는 부모님 제사 모시는 집 지금의 펜션도 잘 짓게 해 줬지만, 또 일억이란 큰돈으로 세 형과 또 누나에게 모두 승용차 한 대씩 사 준 것도 너무나 큰 고마움이다. 또한 제수씨에게도 고마운 마음이다.

어려운 처지에서 우리 집안이 이토록 잘 지내게 된 뒤에는 우리 형제 모두 성실하고 부지런하게 열심히 살아온 결과이기도 하지만 모두 아내들을 잘 만난 것도 감사하다.

아버지 세상 떠난 후 60년 살아오신 어머니가 5남매를 무사히 잘 키워내시고 아버지 계신 곳으로 가실 수 있었으니 모두 감사한 일이다.

내 아내도 그렇지만 둘째는 내가 화성사 주변에서 몇 번 만날 때마다 알아서 큰골에 사는 점잖은 전씨 집안에 청혼을 해서 성품도 좋고 인물도 좋고 또 알뜰한 살림 솜씨까지 발휘하면서 오늘을 일궈 내는데 제수씨가 내조를 참으로 잘했다 생각한다.

셋째는 옛날 우리가 살던 기루지에 부지런하고 살림 잘 해

내시는 댁 규수를 외숙모께서 중매 한 분으로 제수씨는 주로 피난 오신 분들 틈에서 생활력이 강하고 동생보다 영농에 더 생각이 깊은 분이다. 새로운 선진 농법으로 항상 특수 작물로 남보다 많은 수확을 이뤄내서 점차 부를 이루는 역할을 하고 있으니 제수씨가 너무나 자랑스럽다. 혹독한 겨울 추위에도 불구하고 굴을 찍어오는 등 많은 고통을 무릅쓰고 노력해서 큰 소득을 올려 독개 아니 안면도 일대에서 유지급으로 생활하는 모습을 보면서 동생도 잘했지만 그보다 셋째 제수씨 역할이 더 크다 하겠다.

막내 제수씨는 부유한 댁에서 사시다 가난한 우리 가문에 시집와서 결혼하자마자 이역만리로 동생은 떠나고 집도 없는 그 시절 혼자 많은 고생을 하셨다. 그 후 동생과 같이 열사의 중동에서 고통을 이겨내며 내조를 다해 동생이 마침내 기업가가 되기까지 성공할 수 있게 내조를 아끼지 않았다. 아무리 여유가 있다 해도 남들이나 형제를 돕는 일이 그리 쉽지 않은 일인데 그 모두를 제수씨는 동생과 같이 주위에 항상 좋은 일만 하고 있으니 누구에게나 값진 자랑거리가 아닐 수가 없다.

돌이켜보면 60년을 홀로 사신 어머니께서 이루신 쾌거라고 할 수 있다. 세상 떠나실 때 5남매 부부가 낳은 열네 명의 손자 손녀 모두 짝을 이루고 건강하게 사는 모습을 보고 가실 수 있게 했으니 나는 장남으로서 제수씨들과 우리 집 형제들에게 모두 고마운 마음이 크다.

어머니가 마지막 가시는 날에 유복자 아들 막내 회사의 의전용 고급 승용차에 영정과 함께 모시고 아버지께서 지으신 독개집 앞에서 노제를 지내드렸다. 그날 온 동네 이웃분들이 많이 참석해서 어머님의 명복을 빌어주셔서 너무나 감사하다.

Ⅲ

안면도 화성사 염전

천일염과 정동근 회장님

천일염은 원래 대만에서 생산하던 방식으로 국내에서는 1907년에 주안염전이 처음으로 생겼고 일제가 전쟁 중에 대량으로 소금이 필요하자 남동과 소래와 군자 등 여러 곳에 천일염전을 만들어 소금을 생산했고 생산한 소금을 대량으로 일본으로 실어 갔다.

현재 ㈜성담의 창업주였던 정동근 회장님께서는 군산에서 사업을 하시면서 안면도에서 천일염전 개발을 시작했다. 안면도 천수만 중장 3리에 위치한 소당섬에 공유수면을 매립하여 생산면적 108정(저수지 등 포함 전체면적 2백 정보)을 조성하고 '㈜화성사 안면도 염전사업소'를 시작했다.

정동근 회장님은 1956년 3월부터 20년 동안 안면도 화성사에서 천일염을 생산하여 소비지에 공급했고 수도권에 위치한 남동염전을 비롯하여 소래 군자염전을 갖고 있는 국영 기업 대한염업주식회사를 1973년 인수한 후 화성사 안면염전 사업소를 1975년 12월 31일에 당시 염전과 주변임야 400정보까지 포함하여 두산그룹에 넘겼다.

> 대한염업주식회사는 1963년 10월 「대한염업주식회사법」을 공포하여 같은 해 10월 30일 「염관리법」과 「대한염업주식회사법 시행령」에 따라 국영 기업체로 설립되었다. 1970년 12월 「대한염업주식회사법」이 폐지되었고, 1971년 7월 정부의 민영화방침에 따라 정부소유주를 매각하여 상법상 주식회사인 민간기업으로 전환하였다. 1992년 2월 ㈜성담으로 상호를 변경하였다.
>
> ㈜화성사는 1953. 10. 10. 설립(출처 : 네이버)

그 시절 나는 스스로 집안 살림을 이어가야 할 절박한 상황이었다. 독개 동네에 피난 오신 분들은 대부분 성년인데 비해 우리 집은 홀로 되신 젊은 어머니와 어린애들만 있고 아무것도 가진 것이 없었는데 피난민 아저씨들이 유난히 우리 집을 걱정해 주었다.

혹독한 겨울이 지나 새봄이 되었을 때 화성사에서는 제방매립 공사가 끝나고 이어 염전 내부 공사가 완료되어 천일염 생산 준비 단계로 접어들어 염전부 모집 공고를 냈다.

천일염 생산은 바닷물을 저수지로 끌어들여 수로를 통해 제1 증발지에서 제2 증발지를 거쳐 함수저류고를 거쳐, 결정지에서 소금꽃이 피면 채염을 했다. 2월부터 준비해서 3월에서 10월 말까지 햇볕이 좋을 때 바닷물을 가둬 증발시켜서 소금을 생산하는데 아버지가 돌아가신 직후 화성사에서 계절염전부를 모집 중이었다.

모집연령은 만18세 이상이라는데 모집요강도 모른 채, 만 열여섯 살 밖에 안 된 나는 이력서를 써서 내려고 무작정 사무실로 찾아갔다. 지금 생각하면 그때 내 모습이 어떠했을지 얼굴이 뜨겁다. 샘물을 길어다 데워서 쓸 때라서 땔감이 없으면 찬물로 세수도 하고 손발도 닦아야 했다. 그러니 겨울 동안 발을 한번도 안 닦고 있다가 봄이 되어야 묵은 때를 닦곤 하던 때였다. 그때 내 손등은 시커멓게 때가 끼어 있었고 살갗이 터서 피가 맺혀 있었다. 변변한 옷도 없었으니 구멍이 숭숭 뚫린 옷을 입고 당장 무슨 일이든 하지 않으면 안 되는 절박함만 안고 감히 이력서를 내겠다고 나 혼자 갔던 것이다.

서무계장님의 말만 듣고 이력서를 써서 제출했는데 뒤쪽에 앉아계신 풍채가 좋으신 분께서 서무계장이 내민 내 이력서를 보시더니 내게 손짓을 하며 "너 이리 좀 오너라." 하셨다. 나는 주저주저하면서 다가갔다.

"너 내일부터 이 사무실로 나오너라."

그 말을 듣는 순간 나는 꿈인지 생시인지 가슴이 너무 떨렸다. 그때 나는 하늘에 계신 아버지께서 도와주셨구나 라고 생각했다. 그 순간의 감격이 얼마나 컸던지 65년이 지난 지금까지도 어제 일처럼 생생하다. 나를 채용해 주신 소장님은 정동근 회장님의 둘째 동생인 정동옥 이사님이었다.

그때 내게 주어진 일은 하루 일과를 알리기 위해 아침에 종을 치는 일과 사무실 청소와 소장 댁에서 쓸 물을 물지게로 길어오는 일과 심부름이었다.

독개 우리 집에서 사무실까지 약 6킬로 거리가 되는데 날이 새기 전 어두컴컴한 새벽길을 걸어 사무실에 일찍 도착했다. 숙직실 직원은 물론 종을 치는 직원도 일어나기 전에 도착해 먼저 종을 치고 청소를 시작했다. 청소가 끝나면 소장님 댁에 물을 길어다 드려야 했는데 사무실과 소장님의 사택은 저수지보다 높은 산 위에 있어서 물지게를 지고 힘겹게 오르려면 몇 번이나 쉬어가야 했다. 물지게를 지고 소장님 댁을 가는 길에 난감한 때도 있었는데 3개월 정도 다니다 그만 둔 안면중학교 같은 반 여학생을 만날 때였다. 나는 물지게를 지고 그 여학생은 책가방을 들었는데 책가방과 물지게의 대비되는 상징성은 나의 자존심을 사정없이 곤두박질치게 했다. 나는 부끄러움과 창피함으로 뜨겁게 달아오른 마음을 다독이며 마음속으로 '무엇이 창피하냐, 내가 걷고 있는 현실이 내 어머니와 내 동생들을 살리는 길인데 왜 창피한 마음을 먹느냐'라며 스스로 마음을 다잡곤 했다. 그럴수록 내가 하는 일에 스스로 자부심을 가지도록 노력했다.

화성사 사무실에 일을 시작한 후부터 황해도의 피난 온 분들은 염전부로 일을 했는데 내가 매번 월급을 타다가 어머니께 드리는 것을 알고 그분들은 나를 만날 때마다 "너 참으로 용하다."라며 용기를 북돋아 주었다. 이북 사투리로 용하다는 잘한다는 뜻이었다.

총면적 200정보의 넓은 염전은 대략 4정보씩 나누어 관리되었다. 한 호에 네 명씩 배치되어 있는데 내가 해야 할 일은 염전 종업원 출퇴근과, 지각, 조퇴 점검을 매일 기록하여 보고해야 했다. 시간에 따라 일기예보도 빠짐없이 청취하여 기록하고 보고했다. 햇볕을 이용하여 소금을 생산하기 때문에 비가 언제 오는지 얼마큼 오는지 미리 반드시 알아야 했다. 또한 생산일보를 작성하고 사무실 청소와 심부름도 해야 했다. 전기가 없을 때라 사무실과 소장 사택의 호야(남포등)에 석유를 넣고 유리를 물로 닦는 일도 매일 반복하는 일이었다. 숙직실에서는 항상 11시 55분 어업기상통보를 듣고 기록해야 하기 때문에 12시 반이 넘어야 잠자리에 들 수 있었다. 새벽에도 일찍 일어나야 했다. 한 달에 보름과 그믐 때 2~3회씩 사무실에서 좀 먼 거리에 있는 해수 취입 수문(바닷물이 들어오는 수문)까지 시간에 맞춰 열고 닫는 일을 어김없이 점검해야 했다.

새벽에 선잠을 깨어 걸어가서 하던 그 일은 자전거도 없던 때라 늘 초긴장이었다. 시간을 정확하게 맞춰야만 천일염 생산의 원료를 차질 없이 확보할 수 있는데 나는 이 일을 20년 동안 단 한 번의 실수도 없이 해냈다는 자부심을 갖고 있다. 무슨 일이든 철저했던 습관 덕이고 그 습관이 몸에 배어 팔십을 넘긴 지금도 누구와 약속을 했다 하면 반드시 사전에 먼저 도착하는 것은 물론이고 한 번도 약속 시간을 어긴 적이 없다.

태안지역 소금의 역사

사람이 살아가는데 소금이 없으면 어떻게 될까? 인간의 생존에 꼭 필요한 물질이 소금이다. 사람뿐만 아니라 동물들도 암염을 핥는 행위가 염분을 얻기 위한 행동이라는 것을 가끔 텔레비전에서 본 적도 있다.

소금의 종류는 여러 가지가 있지만 태안지방에는 전통적인 방법으로 생산해오던 자염이 있었다. 자염이란 바닷물의 밀물과 썰물의 차가 적을 때, 소를 이용하여 갯벌의 흙을 갈아 햇볕에 말리는 일부터 시작된다. 흙을 햇볕에 말리면 수분은 증발되고 염분은 남아서 갯벌의 흙이 염도가 높아지는데 갯벌에 구덩이를 파고 중앙에 나무로 지붕처럼 얹어 구덩이가 메

워지지 않게 한 다음 그 위에 흙과 바닷물을 채워 넣는다. 그 후 바닷물이 많이 들어오는 사리때가 되면, 구덩이에 염도가 높은 갯벌과 바닷물이 염도가 높아져 통 속으로 모이게 된다. 그 후 조금때가 되면 고인 물을 퍼서 가마솥에 넣고 약 10시간 정도 끓여서 소금을 만드는 방식이 자염제조 방식이다.

자염은 유기물이 풍부해서 영양적으로도 아주 유용한 소금을 만들 수 있었다. 그러나 자염은 제조 방법이 까다로워 점차 천일염에 밀려 지금은 생산이 어려워졌다.

천일염은 1907년경부터 일제에 의해 우리나라에 염전이 만들어지면서 대량으로 생산하게 되었다. 천일염은 우선 공유수면을 매립해서 해수를 저장하는 저수지를 만들고, 저수지에서 바닷물을 끌어들이고 내보내는 수로를 조성한다. 다음으로 첫 번째 염전으로 제1증발지를 축조하고 그 다음 제2증발지, 그 다음으로 소금이 생성되는 결정지를 만들어야 한다. 결정지 바닥은 점차 발전해 타일이나 장판으로 변화해갔다. 그 다음 과정으로 함수저류고(지하)를 만드는데 이곳엔 농축된 함수를 보존하기 위해 빗물이 들어가지 않도록 지붕을 설치한다.

이렇게 소금 생산을 위한 시설이 완비되면 소금을 생산할 염전부들을 모집해야 하는데, 대개 1월에서 2월경에 모집한다. 염전부들이 모집되면 2월 말경부터 준비작업을 시작해서 3월부터 10월까지 일조량이 많을 때를 이용해 소금을 생산한다.

염전부들이 하는 일은 저수지에서 바닷물을 끌어들여 제1, 제2증발지에 바닷물을 채우는 일, 염도를 맞추는 일, 결정지에 생성된 소금을 착염하는 일을 하여 천일염을 생산하게 되는 것이다.

염전부들은 반장과 증발수와 염부와 견습까지 4단계의 직급이 있는데, 저수지로 바닷물을 끌어들일 때는 보름사리와 그믐사리, 즉 수위가 높은 만조 때를 이용한다.

증발지의 면적은 제1증발지가 염전생산 면적의 약 60% 정도를 차지하고, 제2증발지는 그보다 절반 정도의 면적이며, 결정지는 밀도를 높여 소금을 착염하는 곳이다.

소금을 생산할 수 있는 가장 좋은 날씨는 비가 오지 않고 햇볕이 강해야 하고 바람도 알맞게 부는 봄부터 가을이 좋다. 염전부들은 아침 일찍 수차 또는 펌프를 이용해서 물을 퍼올리고 오후 2시에서 3시 이후부터는 결정지에 소금꽃이 피기 시작하는데 4시 반 이후 대파라는 고무래를 이용해 생성된 소금을 긁어모아 소금창고에 보관하면 된다.

좋은 소금을 생산하기 위해서는 염전의 위치도 중요하다. 우선 염전 주변에 빗물이 모이지 않게 해야 하며 산으로 둘러싸인 곳은 통풍이 잘 되지 않아 해수 증발이 잘 안 되어 소금 생산에 영향을 받는다.

또한 토질도 중요한데 점분이 강한 점토질 비율이 높을 때,

염전판 바닥이 단단하지 못해서 소금의 질이 떨어질 수 있다. 염전바닥은 늘 단단해야 하는데 증발이 잘 되게 바닥도 고르게 만들어야 하고, 오전과 오후 채염 시간을 피해 증발지를 잘 관리해야 한다.

소금을 얻기까지 염전에서는 일기예보가 가장 중요한데 나도 항상 일기예보를 듣느라 입사 후 20여 년을 라디오와 함께 했다. 그러는 동안 나는 나 나름대로 일기예보철을 만들어 통계를 내고, 5년 동안의 월별, 일자별을 기록하여 통계표에 고무인으로 쉽게 판단할 수 있도록 표시했다.

내가 그토록 일기예보를 빈틈없이 관리하는 것을 보고 주변 분들은 안면도에서 누가 일기예보 말 할 때 '화성사 김경태는 KBS 김동완 통보관 다음으로 일기예보를 잘 아는 사람이다.'라는 말도 돌았다.

내가 철칙으로 알고 일기예보에 신경을 썼어도 20년 동안 어느 해는 예보와 달리 새벽 1시부터 한 시간 동안 80밀리 폭우가 내려 회사가 큰 피해를 입어서, 아무리 잘한다고 해도 자연재해 앞에서 어쩔 수 없었을 때 참으로 회사에 미안함이 컸다.

한 끼의 밥을 덜기 위한
숙직실 생활

화성사 사무실 숙직실에서 지
낼 때였다. 늘 집 생각을 하다 잠이 들면 꿈에서 아버지를 만
날 때도 있었다. 생시인 듯 꿈에서 깨면 추운 방에서 떨고 있
을 어머니와 동생들 생각에 눈물이 절로 나왔다. 울다가 수도
없이 밤잠을 설치고 새벽에 종치는 일이 늦어질까 봐 조마조
마할 때도 있었다.

쌀 한 톨 구할 길 없고 샘도 멀어서 물을 길어 와야 하는데
땔감도 걱정이었다. 주변에 도와줄 사람이 한사람도 없던 그
절박했던 시절을 회상하면 요즈음 아프리카 후원금 모금 방
송에 나오는 가난한 사람들의 모습이 우리 식구의 그때 모습

들과 겹쳐지곤 한다.

배가 고파 울면서 추위에 떨고 있던 어린 동생들의 모습들이 문득문득 떠올라 지금도 동생들을 볼 때면 그때 모습이 겹쳐져 가슴이 쓰릴 때가 있다.

아버지의 장례를 치를 때였다. 아버지 형제 육형제 중 둘째, 넷째, 여섯째는 모두 40세 전후에 돌아가셨는데 첫째, 셋째, 다섯째가 아버지의 장례를 앞두고 걱정이 태산 같았다.

"이제 점점 날은 추워질 텐데 앞으로 이 집 식구들을 어떻게 해야 하나?"

"집도 짓다 말아서 엄동설한을 어떻게 버틸 수 있을지 걱정이구만."

"저 어린 조카들을 굶기지 말아야 할 텐데 제수씨는 애까지 배고 있으니 보통일이 아니구먼."

"멀쩡한 사람들도 보릿고개를 넘기기 힘든데 굶어 죽기 십상이니 이 노릇을 어찌해야 한단 말인가?"

나는 어르신들의 걱정을 들으면서 마음속으로 누워계신 아버지의 영전에 '아버지 걱정 마세요. 어머니 모시고 동생들 굶기지 않고 꼭 잘 살아낼게요.'라고 다짐했다.

그 후 아버지가 그리워 한없이 울다가도 어려운 문제가 터졌을 때 아버지가 꿈에 나타나면 상상외로 일이 잘 풀릴 때도 있었다. 그럴 때면 나는 늘 아버지가 나와 함께 하신다고 확신했다.

　사택에서 식사를 하고 숙직실에서 자니 집보다 편했다. 집에서는 식구 한사람의 입을 던 셈이었는데 어머니는 어린 내가 밥이라도 제대로 먹는지 걱정을 많이 했다.

　회사에 출근 한 지 1년쯤 되었을 때였다. 숙직실에서 자는데 한밤중에 갑자기 소낙비가 내렸다. 황급히 일어나 비상종을 쳤는데 한참 치다보니 종치는 망치 머리가 부러져 있는데도 그것도 모르고 빈 자루로 한참을 치고 있었다.

　어머니는 한밤중에 남쪽에 있는 염전에서 종소리가 들리면 '우리 아들이 종을 치는 구나' 하면서 '남들은 다 잘 시간인데 우리 아들만 잠도 못 자고 천둥번개가 치는데 얼마나 무서울까. 비바람이 치는데 미끄러운 염전에서 왔다 갔다 할 텐데 넘어지면 어떡하나' 하시면서 나를 걱정하느라 홀로 한숨을 쉬어가며 날 밤을 새셨다.

　나는 당시 어떻게 해서든 우리 식구가 굶는 횟수를 줄여야 한다는 생각뿐이었고 회사에서 월급을 받는 날 밤에는 숙직실에서 자지 않고 밤중에 집에 가서 어머니께 한푼도 떼지 않고 몽땅 다 드렸다. 그때마다 내 월급으로 밥을 굶던 동생들이 끼니를 이을 수 있었으니 얼마나 뿌듯한지 몰랐다. 어머니는 어린 내가 돈을 벌어오는데 한 푼이라도 보탠다며 힘든 일도 마다하지 않고 일을 찾아 했다. 자식들을 먹일 양식을 한 톨이라도 벌려고 아침도 거른 채 막내를 업고 병풍이 마을(현재 정당3구 안면 제3호 저수지) 앞바다에 가서 황발이 게를 잡으러 다니셨다. 어느 날은 게를 잡아오는 길이었는데 얼마나 배가 고팠던지 고개를 넘는데 저 아래 길에 하얀 백무리떡 한 덩이가 눈에 보여서 얼른 가서 주워보니 떡이 아니고 사금파리였다고 했다. 나는 어머님의 그 말이 생각날 때마다 남몰래 눈물을 짓곤 했다. 특히 유복자인 막냇동생에게 먹일 젖이 나오지 않아 어머니는 빈 젖을 안타까워했고 내가 버는 돈으로 막내가 울부짖는 울음소리를 덜 듣게 되니 참으로 회사에 고마움이 절로 생겼다.

내가 만약 사무실을 청소하고 종을 치고 소장님의 심부름하는 일이 아니라 연령 미달로 불가한 일이었지만 염전에 채용되어 견습생으로 3월부터 10월까지만 계절 염전부로 일을 했다면 나이 많은 어른들과 같이 뙤약볕에서 하루 종일 갈증을 못 이겨 그분들처럼 술도 배우고 월동기간도 헛되이 시간을 보냈을지도 모를 일이었다.

화성사 정동근 회장님께서는 안면도에 사는 사람들의 열악한 삶에 일자리를 마련해 주고 굶지 않고 살아 갈 수 있는 기회를 주신 분으로 그 은혜를 나는 항상 잊지 못한다.

정동근 회장님은 안면도에서 20년 동안 염전을 운영하시면서 국영 기업 대한염업주식회사를 이끄셨다. 당시 대한염업주식회사는 우리나라 남북을 통해 최고로 크고 방대한 천일염전회사였다. 전국 천일염 공급량의 10% 이상을 대한염업주식회사 소속 염전들이 생산했고 종업원 1,440명 정규직 250명 이상 되는 국내 최대의 천일염 회사였다.

안면도 공유수면 매립 당시만 해도 국내에서 절대적으로 부족했던 소금 수급을 위해 정부에서 천일염전 개발에 보조를 했고 담배와 함께 전매품으로 지정해서 회사 운영에 큰 어려움이 없었다. 그 후 생산을 시작한지 몇 년 지나지 않아 전매 제도가 폐지되어(1961년에 소금 전매 제도 폐지) 자체적으로 생산과 판매를 조절해야 했다.

그 무렵 검사를 맡기 위해 천일염을 염전 염퇴장에 진열해 놓고 힘들게 생산한 천일염을 각 소금창고에 많이 쌓아 놓고 있었다. 그런데 안면도에 큰 홍수가 일어나 쌓아 놓은 소금이 모두 물에 녹아버려서 회사가 큰 피해를 입었다. 염전에 있는 소금창고의 절반 높이까지 물이 차서 창고와 창고 사이를 배를 타고 다녀야 할 정도였다. 물이 빠져나간 뒤에 염전바닥의 흙탕물을 모두 닦아내고 다시 바닷물을 받아 증발시켜 농축된 소금을 착염하기 까지 염전부들은 엄청난 노동을 해야 했다.

장배에 돈을 싣고

한 번은 정동옥 이사님께서 나를 데리고 독개로 가서 광천 5일 장에 다니는 풍선(바람의 힘으로 다니는 배) 장배를 태웠다. 나는 어디에 무슨 일로 가는 지도 모른 채 정동욱 이사님을 따라 광천을 거처 기차를 타고 예산에 내렸다. 정동욱 이사님은 예산에서 조흥은행으로 가더니 현금을 인수하여 사무실로 가져오는 일을 나에게 시켰다. 내 나이 겨우 열여덟 살 밖에 되지 않는데 자금수령 업무를 나에게 시켜서 나는 그때 적잖이 놀랐다. 나보다 나이가 많은 어른들도 많은데 왜 어린 나를 시키는지 나는 여간 걱정스러운 일이 아니었다.

그 다음엔 또 예산 조흥은행에서 돈을 찾아 가마니보다 더 큰 조 마대에 현금 450만환을 가득 넣고 예산에서 기차를 타고 광천역에 도착했다. 나는 돈이 든 마대를 혼자 들 수가 없어 지게꾼에게 지우고 5일장 배들이 정박해 있는 부두에 도착했다. 그날따라 갑자기 비가 오고 심한 풍랑이 일어 안면도 5일장에 왔다 가려는 모든 배들이 출항을 하지 못했다. 사람들은 모두 독배 식당에서 잠을 자다가 풍랑이 잠잠해지면 배를 타기로 했다. 나도 할 수 없이 돈이 든 마대를 진 지게꾼과 같이 식당으로 들어가니 비는 쏟아지는데 주인이 "가마니는 저기 허청에 두시오."라고 말했다.

나는 가마니에 돈이 들었다고 사실대로 말을 할 수가 없어서 "아주머니, 서울에서 가져오는 중요한 인쇄물인데요. 젖으면 안 되니 방에 좀 둬야겠습니다." 했다.

주인의 허락을 받고 방으로 돈마대를 가지고 들어갔는데 자리가 비좁아서 손님들이 서로 기대앉아 잠을 청하고 있었다. 나는 방 가운데에 돈 마대를 놓고 깜깜한 밤을 꼬박 새우는데 잠이 왜 그리 쏟아지는지 자꾸만 눈이 감겼다. 깜빡 깜빡 졸다가 깜짝 놀라 잠결에 돈 마대를 더듬어 혹시 누가 손대지 않았나 확인하고 또 꾸벅꾸벅 졸기를 반복했다. 밤새 잠을 제대로 못 자고 날이 밝아 소변을 보러 갔더니 오줌 색깔이 노랗게 변해 있어서 깜짝 놀랐다. 신경을 너무 쓰고 잠을 못 자니 오줌도 색깔이 변하는 것을 그때 처음 경험했다.

그 후 예산은행에 가서 돈을 찾아오는 일은 거의 내가 했는데 어느 날 월 중 중간 자금을 수령할 때였다. 그날은 평일이라 장배가 여의치 않아 군에서 후생사업을 하러 나왔다는 작은 기관배를 이용하기로 했다. 그런데 배가 출발해서 천수만 중간쯤 왔을 때였다. 기관실에서 갑자기 엔진 소리가 이상하게 들렸다. 그러더니 잠시 후 엔진이 꺼지고 말았다. 선장은 엔진에 이상이 있다며 당황스럽게 기계들을 살폈다. 배는 그때부터 표류하기 시작했다. 엔진이 꺼진 배는 물살에 흘러 안면도 방향이 아닌 군산 앞바다 쪽으로 떠밀려 내려가기 시작했다. 나는 겁이 덜컥 났다. 돈도 걱정이지만 이제 정말로 죽을 수도 있겠구나 싶어 몹시 두려웠다.

만약 배가 점점 더 먼 바다로 떠내려가 전복이라도 되는 날엔 회사 돈을 어찌해야 할까. 헤엄을 친다고 해도 겨우 목숨이나 건질 수 있을텐데 어찌해야 하나 보통 걱정스러운 일이 아니어서 점점 더 무섭고 불안했다. 선장은 계속해서 기계를 수리하며 땀을 흘리고 있었다. 그런데 얼마 후 엔진이 기침을 하듯 쿨럭거리며 다시 힘을 받기 시작했다. 조마조마하던 마음이 그제야 안심이 되었다.

그렇게 모험하듯 장배를 이용해 돈을 운반했는데 안면도에 다니던 5일장 배(풍선)가 기관배로 바뀌면서 안면면 면민들에게 큰 기쁨을 주었다. 나도 매월 중간 자금을 현찰로 반 가마니를 수령해서 오는데 기관배 객실은 손님이 많아서 불안했다. 돈가마니를 어디에 둘까 궁리하다가 선장실이 안전할 것 같아 선장에게 양해를 구했다. 하지만 선장에게도 돈가마니라고 사실대로 말할 수는 없었다. 돈이 든 가마니를 선장실에 실어 놓고 밖에서 지키기로 했다. 그런데 선장실에 웬 사람들이 그리 자주 드나드는지 돈이 든 마대를 자꾸 밟고 다녔다. 나는 그 마대에 돈이 들어있으니 조심하라는 말도 못하고 애간장만 태우고 지켜보아야 했다. 드디어 안면도에 내려 회사로 돌아와서 인계를 하려고 가마니를 풀었더니 이게 웬 일인가. 사람들이 가마니를 밟아대서 십만 환씩 묶은 돈다발이 모두 풀어져 있었다. 할 수 없이 사무실 바닥에 돈 가마니를 거꾸로 쏟아 놓고 경리담당 직원과 밤새 돈을 세어 다시 십만 환씩 묶어서 인계를 마칠 수 있었다. 여름밤이라 모기는 얼마나 물어대는지 돈 한 장이라도 착오가 날까 봐 신경을 곤두세웠던 일이 이제 먼 추억이 되었다. 그 후에 안면도에 농협이 생겨서 여러 해 동안 하던 현금수송업무는 끝이었다. 긴장하며 그 일을 할 때 나를 믿어준 이사님이 정말 고마웠는데 나도 그 믿음을 지키려고 열심히 해서 무사히 마칠 수 있었으니 지금 생각해도 가슴 벅찬 일이었다.

생산성을 높이기 위해

　　　　　　당시 천일염 사업은 장기운영에 따른 노후화로 생산성이 떨어져 수량과 품질도 나빠졌다. 날씨가 계속 가물 때는 과잉생산으로 가격이 폭락했고 반대로 장마가 길고 비가 자주 내리면 생산량이 적어 가격은 올라가도 소금을 생산할 수 없으니 재고가 없어 안타까웠다.

　넓은 염전관리는 대부분 4정보를 1개호로 정하고 한 호에 4명씩 배치했다. 나의 업무는 각각의 호들을 돌며 종업원 근태 관리를 기록하는 일이었다. 종업원들의 지각과 조퇴, 결근 등을 기록하면서 염전부들이 근무에 열정을 잃고 사기가 떨어질 때마다 내 탓인가 싶어 고민이 되었다. 본사에서 학사 경찰 출신인 과장을 염전에 파견했는데 그 과장님도 나름 노력을 하셨지만 별 성과를 거두지 못하고 대한염업주식회사로 갔다.

나는 어떻게 하면 해이해진 종업원들의 사기를 올려서 회사에 보답해야 하나 곰곰이 생각한 끝에 시상제도를 실행하기로 마음을 먹었다. 공평한 점수를 줘서 시상하려면 일단 늦게 출근하는 것부터 바로 세워야 했다. 그래서 염전부들이 사는 거주지에서 각각 근무지인 염전의 해당 호까지 거리를 모두 측정해서 기록했다. 먼 거리와 근거리의 차이도 참작해서 점수를 매길 때 공정하게 차등을 두었다. 조퇴나 결근도 철저히 기록하고 특히 제일 중요한 소금 생산 목표량과 생산실적 순위와 근속연수를 종합해서 가산 점수도 줬다. 월별로 사무실에 모여 화기애애한 분위기에서 회식을 하면서 개별적인 성적을 내서 순위를 정해 성적을 발표하고 시상을 했다.

다음해에는 염전부 직급인 호장, 파두, 염부, 견습의 4단계 직위에 따라 수상을 하고 수상자는 반드시 차 상위에 진급 혜택을 줬다. 그러자 상을 타면 상품이 전부가 아니고 승진이란 보너스가 있기 때문에 염전부들은 점차 질서가 잡히고 꼭 회사에 보답을 하려고 열심히 일했다.

그러나 아무리 잘한다고 하는 일들도 시행할 때 늘 그렇듯 찬성과 반대 의견도 있었다. 7등을 한 호의 염전부들이 불평을 했다. 그들의 주장은 1등 상을 탄 호는 성적이 우수해서가 아니고 토질이 좋아서 1등을 했다며 불만이 많았다. 공정성을 기하기 위해 다음번에는 불평불만을 하는 7등 염전부들을 1등을 한 염전부들이 있던 호로 이동해서 소금을 생산하게 했다. 그런데 토질이 좋아서 1등을 했다고 비난하던 염전부들은 바로 그 토지에서 했지만 역시 꼴찌를 면치 못했다. 그 후부터는 불만의 목소리도 점점 적어지고 다 같이 좋은 성과를 올리는 방향으로 변화되어 정말 다행스러웠다.

사무실에서 근무일지를 쓸 때마다 한 사람 한 사람 근태를 기록할 때면 염전 현장 뙤약볕에서 일하는 사람들에게 늘 미안한 마음이 들었다. 종일 갈증을 참아내며 시커멓게 그을린 염부들의 얼굴이 안쓰러웠고 바싹 마른 몸으로 일하는 모습을 보면 몹시 안타까웠다.

안면도는 대부분 논과 밭이 많았다. 안면도 주민들은 시간이 가면서 농사도 짓고 바다에 나가 해산물도 잡아 소득을 올려서 먹고 사는 데 크게 어려움이 없었다. 그런데 우리 집처럼 농토도 없고 바다의 혜택도 얻지 못하는 빈곤층이 염전에 취직해서 고생하기 때문에 일반인들은 염전부를 무시하는 경향이 있었다. 나도 절박한 상황에서 염전부 모집에 응모했지만 나는 염전부들보다도 자격 요건이 안되는 상황에서 입사를 했기 때문에 현장에서 힘들게 일하는 염전부들의 고충을 항상 잊지 않으려고 노력했다.

결근을 줄이고

염전부들이 소금을 생산하지 않는 시간 즉, 여가 시간을 이용해 회사에서 제공한 변두리에 농토를 주고 벼농사를 짓게 했다. 나는 염전부들이 벼농사도 잘 지을 수 있도록 도와주기로 했다. 하지만 회사 규정을 어기면서까지 혜택을 주면 안 된다고 생각해서 항상 무슨 일이든지 회사를 우선 생각했다.

염전부들의 근태 관리는 일당을 급수대로 정해 놓고 30일, 31일, 만근하면 만근 수당으로 1일분 일당을 추가 지급했다. 염전에서 한창 소금을 생산할 한 사람이 결근하면 같은 호원도 고생을 더 해야 했다. 회사도 생산량에 지장이 많기 때문에 결근을 줄이기 위해 노력했다. 어쩌다 결근을 했는데 야박하게 회사 편만 들어 하루를 결근했는데 이틀치 급여를 제한다면 원망할 수 있을 것 같아 고민이 되었다.

실제로 초등학교 동창 한 사람과 나의 이종 매제가 그런 경우가 있었다. 나는 마음이 아프면서도 할 수 없이 규정대로 처리했다. 그분들에게 늘 미안했지만 한 번 규정을 어기기 시작하면 전체적인 규정이 유명무실해져서 한 번도 부당하게 회사 규정을 어긴 적이 없었다.

개개인의 사정을 들으면 다 그럴만한 사정이 있었지만, 그렇게 하다보면 예외가 생기기 마련이고 예외를 적용하다보면 회사 규정이 유명무실 해 질 수밖에 없었다. 전체 108명에게 어떻게 하면 공평하게 사원도 회사도 원만하게 생산 작업에 도움이 될 수 있을까 생각 끝에 하루를 결근하면 2일분 급여가 깎이는 것을 해결하기 위해 머리를 짜내야 했다.

그 당시만 해도 교통수단이 버스는 물론 없고 자전거도 없을 때였다. 그런데 회사에서 제공하는 변두리 농지에 농사를 짓기 위해 안면면 면소재지에 있는 농약방으로 농약을 사러 가기 위해 결근을 자주 했다.

나는 궁리 끝에 승언리 시장 농약방에 가서 농약을 사무실 뒤 창고에 갖다 놓도록 하고 하루 한 번씩 사무실에 간식을 타러 올 때 필요한 농약을 가져다 사용할 수 있도록 했다. 그렇게 결근을 줄여나갔다. 그런데 하루는 농약방 박사장이 흰 고무신 한 켤레를 들고 와 내게 주었다.

"웬 고무신입니까?"하고 물었더니 내가 고마워서 주는 것이라 했다. 나는 필요 없으니 앞으로 우리 회사 염전부들이 사용하는 농약을 알맞은 값으로 해달라고 요청했다. 그 당시 아니 그 후까지도 업무차 서울에 갔다가 돌아오면 그 사장님은 검정 고무신을 신고 있는 그 모습을 볼 때마다 나한테 크게 고마워했다는 걸 알 수 있었다. 그때 그분의 성의를 무시했구나 싶을 때마다 허튼 욕심 버려라 말씀하신 아버님의 유훈을 한시도 잊지 않고 머릿속에 간직하며 살았다.

아름다운 동행을 보며

회장님과 창업동기이신 박완종 부사장님이 계셨다. 회사에서는 부사장님 자리까지 오르시고 안면도에서 화성사 천일염전을 만들기 위해 바다를 막을 때는 서울에서 내려오셔서 천일염전 매립 공사장 현장에 상주하셨다. 부사장님은 밤에 군화를 벗지도 못하고 야영까지 하셨는데 성품이 정동근 회장님과 비슷하셔서 항상 온화하시고 말씀이 별로 없으셨다. 부사장님은 이리상고를 졸업하셨다고 들었는데 부사장님은 글씨가 정교하고 필체가 얼마나 좋은지 나는 부사장님으로부터 많은 배움을 얻었다. 부사장님은 내가 정리해 놓은 서류들을 보시고 감탄하곤 했다.

안면도에서 염전 개발에 성공하시고 그 후 본사에서 전무로 계셨는데 회장님과 함께 상주하셨다. 국영 기업 인수 후에는 회장님께서 아예 안면도 염전을 전무님께 주었다. 박완종 전무님은 따님 두 분 다 출가시키고 두 내외분이 화곡동에 사시면서 1973년부터 1975년 말 두산그룹에 인계되기 전까지 안면도 염전 사장님으로 계셨다.

두산그룹에 인계된 후에는 안면도와 비슷한 100정(30,000평) 규모의 염전을 떼어 대한염업주식회사 남동염전 200구 염전을 박완종 사장님이 운영하도록 했다. 100구, 200구, 300구 등의 구는 염전의 단위를 나타내는 단위인데 각 구마다 100정(30,000평)씩이었고 각 구마다 감독이 따로 있었다.

그때 나도 서울로 올라갔는데 회장님께서 대한염업주식회사 소속으로 발령을 내주셨다. 일자리는 마땅한 곳이 없었는지 박완종 사장님이 운영하는 200구 염전에 일시적으로 배치해 주었다. 1년 후에 연세가 높으신 박완종 사장님을 다시 본사 전무님으로 모시고 염전은 회사로 통합해 운영했다. 나는 군자 천일염 세척 가공공장으로 발령이 났다.

나는 회장님과 전무님 두 분을 보면서 창업동기인 두 분이 오래도록 끝까지 함께 하시는 것을 보고 저절로 존경심이 생겼다.

박완종 사장님은 안면도에서도 3년간 염전을 직접 운영하면서 자주 만나 뵈었는데 나를 잘 알고 각별히 아껴주셨다. 박완종 사장님은 배움이 부족해 서러워하는 내 마음을 알고 인사 담당자에게 내 고교 졸업장 제출은 보류하라 했다. 나는 그때 한없이 서글펐지만 박완종 사장님의 배려에 고마움과 감사한 마음이 뼈에 사무칠 정도로 고마웠다.

그 후 나는 내 자식들에게 무슨 일이 있어도 배워야 한다는 사명감을 갖고 배울 수 있게 내 모든 역량을 다 쏟아 부었다 해도 과언이 아니다. 나는 더 잘살기보다는 더 많이 가르쳐야 된다는 생각을 갖고 살아왔다.

박완종 사장님은 본사에 근무할 당시에도 항상 회장님과 상의하셔서 1차 산업인 천일염전 경영의 어려움이 있었고 점차 발전하는 산업화 과정에 인건비 상승 등 운영의 어려움이 많을 때도 항상 직원과 종업원의 복지를 위해 노력하셔서 모든 임직원들의 존경을 받았다.

박완종 사장님은 전주에서 노환으로 세상을 떠나셨는데 나는 안면도에서 승용차를 몰고 찾아가 사장님의 영전 앞에 엎드려 명복을 빌어드렸다. 박완종 사장님의 고마운 은혜는 두고두고 잊을 수가 없다. 인생을 살아가면서 누굴 만나느냐에 따라 그 삶의 질이 달라지는데 박완종 사장님을 생각하면 지금도 항상 감사의 마음에 온몸이 뜨거워진다.

직장의 단면들

누구보다 나를 믿었던 정동옥 이사님께서 군산 사업장으로 떠나셨을 때였다. 천일염 사업은 점점 어려움이 더해 갈 때라 생산 초기 때까지 많았던 기술직 직원과 또 사무실 직원도 점점 그 수가 줄어들었다. 결국 소장 편제도 없어지고 이 과장(경리과장)님이 안면도 사업장 총괄책임과 전도 자금 수불 관리를 맡게 되었다. 이 과장님은 그 외 종업원 관리(계절 노무원 모집과 각호 배치 및 승진 등 인사 관리)와 외부 사무 일체를 나에게 맡겼다. 경리과장님은 몸이 불편해서 대외 업무인 안면도 기관장 회의 참석이나 그 당시 매년 인건비 인상 협의도 나에게 위임했다.

안면도 화성사를 필두로 진태구 전 태안군수의 부친 진승균님이 운영하는 염전과 고남에 있던 윤주한님 등 염전 대표들이 만나 매년 염전부들의 임금 인상을 협의하고 결정하는 업무들을 열심히 보좌했다.

그 후 소장 직책도 없어지고 안면도가 객지인 이 과장님께서 안면도 사업장을 책임지고 계시니 여러 가지로 내 역할이 커졌다. 천일염 생산 초기부터 현장 종업원, 인사 관리를 맡아 온 나는 처음부터 윗분들의 심부름까지 해야 했다. 내 업무가 점점 폭넓게 커지고 5년, 10년 세월이 흘러가니 위 직원들도 경리과장만 남고 다 떠나게 되었다. 몇 년 후부터는 청소 심부름과 사택 도우미 하는 분이 했고 내 직위도 조금씩 올라 처음에 수년 동안은 서무계였는데 그 다음은 서무주임 그 후는 서무계장까지 올랐다.

현장 책임자는 처음부터 끝까지 생산계장 직급으로 2월부터 서무담당인 내가 모집 공고를 내고 모집하여 각호에 배치하고 승진까지 시켜놓으면 3월부터 시월 말까지 그분은 소금 생산 현장 감독 역할만을 해야 했다. 나보다 나이가 한참 위인 사람들도 직장에서는 동료로 생각해야 해서 곤란할 때도 있었다.

대규모 기업인 대한염업주식회사에서 계장은 3급이고, 염전 감독은 최고 급수가 4급에서 끝났다. 염전에서 기준으로 삼고 있는 인사 규정을 나는 상경해서야 알 수 있었다. 사실상 내 경우는 심부름을 시작으로 최후 서무계장까지 오르는 기간이 20여 년이 걸렸다.

20년 가까이 안면도 염전에서 여러 사람들과 상관들을 보필하면서 생각한 것들이 있었다. 나는 사무실에서 심부름을 시작으로 직책을 받게 되었고, 계장에 오르면서 하루에 꼭 두 차례씩 염전 순회를 했다. 그러니 현장 감독 책임자 못지않게 천일염 생산 과정의 문제점까지 다 파악할 수 있었고 나도 모르게 많은 경험을 쌓게 되었다. 이러한 경험들이 상경 후 대한염업㈜ 선배들 틈에서 눈에 보이지 않는 경쟁을 뚫고 뒤처지지 않고 버텨나갈 수 있는 바탕이 되었다고 생각한다. 그 결실이 쌓여서 내가 다행스럽게 발탁되어 안면도 화성사에서 대한염업주식회사 본사까지 올라갈 수 있었다고 생각한다.

내가 가장 안타깝게 생각되는 분이 이 과장님이었다. 이 과장님은 천일염에 대한 경험도 없이 객지인 안면도에 혼자 내려와 경리업무와 현금 출납업무 본사에 전도 자금 수불 보고를 담당하셨다. 그 모든 일들을 할 때 이 과장님의 고충이 커 보였다. 나는 그 상황을 충분히 이해하고 모든 업무에 성의를 다해 이 과장님을 보필했다. 하지만 현장을 감독하던 분은 어린 내가 봐도 그분의 언행은 경우에 어긋나는 일이 있었다.

소금 생산을 하는 여름과 달리 겨울 비생산기에도 회사를 위해 어떻게 발전을 시킬 것인가 고민하고 연구하는 모습이 없었다.

나는 종업원 근태 관리 업무를 하던 터라 업무에 충실하지 않은 분들에 관해서는 곤란해도 어쩔 수 없이 참아냈고 사소한 일도 위에 말하지 않고 나만 알고 지냈으나 항상 마음이 심란스러웠다. 일과에서 벗어난 일을 하는 분들은 나를 만나면 자기들의 일탈을 눈감아 달라 하면서 자기 부서의 직원들에게 성실한 근무 자세를 격려하며 우수 인력으로 승진하도록 하기보다는 부정적으로 평가하는 일을 견뎌내야 했다. 염전 내부 공사 토목 기사로 염전 개발 축조공사를 성공리에 끝내기까지 큰 공을 세운 공무계장 선배는 동료들이 내린 평가의 희생양이 되어 회사를 떠나게 되었다. 그 선배는 성품도 좋아서 공사 초기부터 회장님께서 근무를 계속하도록 배려한 분이었다. 염전의 절반을 관리하는 책임을 맡았는데 하루는 현장 출면차 순회 중 공무계장이 내게 말했다.

"이제 그만 회사를 떠나야 하겠네, 다른 사람과 내가 싸우면 되겠나? 그러니 내가 떠나야지."

공무계장은 나보다 여섯 살 위 선배로서 급사 시절부터 어린 나를 도와주고 아껴 주던 분인데 떠난다고 하니 몹시 서운했다.

결국 그 선배는 사표가 수리돼 이 과장 댁에서 직원들이 송별회 겸 저녁 식사를 하게 되었다.

　　직장을 떠난다는 것은 생계의 위협을 받는 일이었다. 한 개인에게도 절박한 일이지만 그에 딸린 식구들까지 삶의 위협이 되는 것이라는 생각을 하니 언젠가 나에게도 그런 날이 올까 봐 더욱 더 맡은 책임을 성실하게 해야 한다는 생각을 했다.

　　그런데 얼마 후 저승사자의 손길처럼 나에게까지 조여 오는 느낌이 들었다. 그러나 나는 개의치 않고 내 할 일을 열심히 하고 있었다. 나는 회사를 먼저 떠난 전 공무계장을 위해 아무것도 할 수 있는 일이 없는 게 안타까웠다. 결국 그 선배는 사표를 내고 안면도 승언리 서쪽 바다에서 미역 양식장을 설치했다. 부족한 자본으로 어렵게 시작한 미역 양식장이 수확을 앞두고 그만 태풍이 몰아닥쳐 산산조각으로 흩어져 버렸다. 엄청난 손해를 입힌 태풍 때문에 한때 그분은 삶의 의욕을 완전히 잃고 내파수도 앞바다에 나가 극단적 선택을 하려 했다는 후문이 들려 가슴이 너무 아렸다.

　　자녀들은 커가고 모든 열정을 끌어 모아 간신히 운영하던 미역 양식장이 자연재해 앞에 속수무책으로 휴지조각이 되어 버렸으니 순간적으로 극단적 결정을 했을 것이다. 그러나 그 후 우여곡절을 겪은 후 다시 회생하여 사셨는데 매사에 부지런하고 성실하게 사셨기에 누구 못지않게 안정된 삶을 누리고 살다가 몇 년 전에 돌아가셨다.

화성사 염전을
두산그룹에 넘기다

㈜화성사 안면도 염전사업소는 1955년도 공유수면을 매립하여 탄생했다. 나는 다음해 2월 6일 입사했고 1956년 3월부터 천일염생산을 시작으로 20년간 국내소금 생산의 공급 중 많은 양의 소금을 생산해냈다. 그 후 1975년 12월 말일 자로 두산그룹에 넘겼는데 생산면적 108정 총면적 200정보와 염전 주변의 산 능선을 경계로 해서 염전 쪽에 보유한 임야 400정보도 함께 넘겼다.

드디어 1956년부터 1975년까지 안면도에서 20년 동안 경영했던 화성사 천일염 사업이 종료되고 두산그룹에 양도된 것이었다.

1975년도 연말, 화성사 안면도 염전사업소를 두산그룹에 인계하기 전 이 과장님과 나는 현장 마무리 인사차 서울로 정동근 회장님을 찾아뵈었다. 그때 회장님께서는 "경태, 네가 고향을 떠나지 못할 형편이면 나와 두산염전의 박두병 회장과 절친한 사이이니 잘 말해줄 것이다. 하지만 내 바람은 네가 서울로 올라오면 좋겠다."고 말씀하셨다.

그 자리에 함께 한 이 과장님이 "김 계장은 자기가 못 배운한 때문에 서울로 와서 자식들 교육을 시키기를 원합니다."라고 하니까 회장님은 곧바로 "그럼 올라오너라. 두산염전은 천일염 사업이 처음이니까 천일염전에 대해 잘 아는 네가 잘 도와드리고 오너라."고 말씀하셨다.

나는 1975년 두산그룹에 화성사 염전을 인계하기 위한 총마무리를 지었다. 20년 동안 운영해 온 사업이라 참고할 것들 정리할 것들이 무척 많았다. 나는 중요하지 않은 자료는 모두 소각 처리를 했다. 생산일보, 일기예보, 인사기록만 남겨 인계했고 그 다음 두 달은 우선 당해 연도 천일염전 사업계획서, 종업원 모집, 각호 배치, 해당자 진급 결정, 그 외 필요자재 확보 준비까지를 다 마치고 2월 25일 서울로 가려고 했다. 그러나 주위 분들의 만류로 3일을 더 있어야 했다.

회장님께서 "서울에 와서 이력서를 써낼 때 고등학교 졸업한 걸로 써라. 다른 직원들과 형평성이 맞아야 하니."라고 말씀하셨다. 하지만 나는 차마 거짓으로 고졸이라고 쓰지 못하고 궁리한 끝에 고등학교 중퇴로 적어서 이력서를 냈다. 졸업이든 중퇴든 사실이 아니라서 가슴 한편이 너무 무거웠다.

그 후 과장으로 진급했을 때 과장 중에서 유일하게 나만 고등학교 졸업장이 없다는 말을 들었을 때 평생 동안 배움의 주림을 떨쳐낼 수 없다는 현실이 너무나 가슴이 아팠다. 쥐구멍이라도 있으면 숨고 싶은 심정을 누가 알까. 다행히 전무님이 내 고충을 알아채고 상관없으니 일만 열심히 하라고 했지만 학력 이야기만 나오면 나는 가슴이 답답하고 얼굴이 화끈거렸다. 그럴 때마다 내 자식들 만큼은 나와 같은 아픔을 겪게 하지 않으려고 최선을 다했다.

서울로 가면서

화성사 천일염전 사무실에 근무하면서 나는 염전 현장 뙤약볕에서 고생하는 108명 종업원들의 고충을 항시 생각했다. 바닷가 특히 염전의 염전부들은 보통의 농사일보다 몇 배는 더 뜨거운 폭염을 견뎌야 했다. 나는 현장에 갈 때마다 나만 시원한 사무실에서 일하는 게 그분들에게 미안해서 어떻게 하면 저분들을 위해 도움을 줄 수 있을까 생각했다.

안면도에서 20년 동안 고락을 함께한 그분들이 내가 서울로 가는 것을 알고 가지 말라고 만류할 때, 그분들은 화성사보다 열 배, 스무 배 더 좋은 곳이 두산그룹이니 서울에 있는 대한염업주식회사로 가지 말고 안면도 두산염전에 남으라고 내게 말했다. 그분들은 나를 아껴서 하는 말이었지만 나는 어린 나를 받아 주고 부족한 나를 이만큼 키워주신 정동근 회장님의 은혜를 잊으면 사람의 도리가 아니라고 생각했다. 내가 떠나려던 1976년 2월 25일, 나와 같이 고생한 동료 반장들이 사무실로 몰려와 "너만 잘되려고 가느냐? 김경태, 너는 우리 염전 종업원 전체를 위해 가지 말고 두산염전에서 일하게 되는 우리들을 도와야 한다."고 다그쳤다.

나는 당시 두산그룹에 염전사업계획 결재를 할 때 종업원의 임금을 전년대비 57% 인상하도록 반장은 전년도 월 급여 19,000원을 30,000원으로 대폭 인상할 것 등을 주장해서 결재를 올렸다.

청계천에 있는 본사 두산그룹 기획실 이 상무님이 "왜 이렇게 급여인상폭이 높으냐?"고 물어서 "그간 화성사에서는 형편상 충분한 대우를 못했는데 이제는 대회사가 오셨으니 충분한 대우로 생산성을 높여야 된다고 생각합니다."라고 말했다. 천일염 사업계획서, 종업원 모집 호배치, 진급까지 맞추고 떠나겠다고 하니 이 상무가 나한테 "금년 종업원 진급이 있었는데 인사 관리 기준 좀 보여 달라고 말했다. 혹시 이곳을 떠날 생각에 인사처리를 함부로 하지 않았느냐 라고 묻는 것 같았다. 인사기록은 수년 동안 근무한 염전부들의 신상기록을 상세하게 정리해 놔서 어느 해, 어느 호에서 어떠한 성적과 직급으로 근무를 했는지 기록한 인사기록철을 이 상무의 질문에 답할 때 꺼내 놓고 보이면서 종업원 진급 기준을 자세하게 설명했다.

진급 기준은 첫째는 생산성적, 두 번째는 근무성적, 세 번째는 근속연수를 합산한 성적 순위로 결정했다고 말씀드렸다. 그때 옆에 서 계시던 주임(생산계장 자진 사퇴로 공석)의 자제분에 대해서 상무님께 올해 진급 대상이었으나 점수가 조금 못 미쳐 보류되었다고 하니 이 상무가 서류를 탁 덮으며 "아까 말한 대로 현장분들 임금도 대폭 인상해드렸으니 잘 해 주시오."라고 말했다.

이 상무님은 그 문제 하나 때문에 서울에서 승용차로 오셔서 그 말 한마디만 남기고 상경하셨다. 이때 내가 만약 제대로 업무 처리를 하지 않았으면 상무님은 나를 힐책하며 불쾌한 말을 했을지 몰랐다. 그러나 내 나름대로 완벽하게 처리했기 때문에 상무님은 아무 말도 하지 않고 그대로 올라가신 것이었다.

그 후 회사에서 나와 함께 일했던 사람들이 발칵 뒤집혔다. 두산그룹에서 염전을 인수한 후 임시 책임자로 온 분이 내가 염전 생산 작업 착수준비까지 끝내고 곧 서울로 간다는 걸 알게 된 것이었다.

그래서 나를 보내지 않기 위해 서울에서 이 상무까지 다녀 가도록 했다는 소문이 돌았다. 나는 참으로 난감했다. 내가 제때 공부를 지속하지 못한 한 때문에 아이들 교육을 위해 꼭 서울로 가려고 한다고 했더니 임시 책임자가 사정하듯 말했다.

"일 년만 더 있어 주면 안 되겠소? 안면도에서 근무 질서가 잡히면 본사에 건의하여 당신을 책임지고 서울로 보내드리겠습니다."

나는 상무가 떠난 후 오후 몇 시간 동안 반장들과 실랑이를 했다. 사택에 돌아와서도 사흘 동안 잠을 설치며 고심을 했다. 무엇보다 안면도 염전부들과 정이 들었고, 서로서로 똑같이 어려운 생활을 헤쳐 나온 여건에서 고락을 함께 한 그분들에게 미안했다. 내가 그분들을 위해 도울 수 있는 위치에 있었으니 나 자신만을 위해 그분들을 버리고 훌쩍 떠난다는 것이 참으로 괴로웠다.

드디어 1975년 12월 말로 두산그룹에 염전을 인계 한 후, 1976년 2월 25일까지 두 달여 동안 사업 준비를 완료하고 25일 바로 상경하려다 3일을 더 고심했다.

그러나 어려운 결정을 하는데 가장 비중이 컸던 것은 정동근 회장님에 대한 고마움이었다. 아버지가 돌아가신 후 우리 가족 여섯 식구가 굶어 죽을 지경에 처했을 때 정동근 회장님께서는 근로기준법에 미달되는 나이인데도 나를 채용해서 우리 식구를 살려주셨고 더구나 어머니를 일찍 여읜 강중섭과 아버지 없는 김경태를 불쌍히 생각하셔서 본사 사무실과 안면도에서 각각 키워주셨는데, 그 은혜를 저버릴 수가 없었다.

나는 회장님께 가서 회장님을 위해 은혜에 보답을 해야만 한다고 생각했다. 설사 회사 형편이 나빠져 나를 버린다 하더라도, 나는 기꺼이 감사한 마음으로 평생 회장님을 위해 살아야 된다고 생각했다.

드디어 1976년 2월 28일, 버스 정류소까지 10여 킬로를 걸어서 버스를 타고 상경하였다. 바로 그 다음 날인 3월 1일자로 대한염업주식회사에서 3급 1호봉으로 직급을 받았다. 천일염전 인사 관리 규정에 의한 계장 직위 발령을 정식으로 받은 것이었다.

안면도 염전 근무 20년 중 힘든 일도 많았고, 보람 있는 일들도 많았다. 그 중에서 3개월 동안 임금이 체불되어 회장님은 회장님대로 사원들은 사원들대로 어려움을 겪을 때였다. 그 당시 염전부들이 사무실에 몰려와 농성할 때도 현장 책임자가 수습을 해야 하는데 책임자가 사무실에서 망설이고 있을 때 내가 나가서 회사의 어려운 상황을 설명하면서 모두 한마음으로 난관을 헤쳐 나가자고 양해를 구했었다. 다행히 내 말이 먹혀 모두 이해를 하고 돌아갔을 때 나도 뿌듯하고 고마웠다.

한번은 국영 기업 인수 후 박완종 부사장님께서 임차 운영을 할 때 임금 책정이 너무 낮다고 염전부들이 모두 모여 농성을 할 때였다. 현장 책임자는 사무실로 와서 안절부절못한 채 걱정만 하는데 나는 용기를 내서 농성장으로 가서 염전부들에게 호소했다.

"여러분! 박완종 사장님께서는 따님 두 분 다 결혼시키고 두 내외분이 이 염전을 운영하고 계십니다. 그래서 이윤이 있을 때는 여러분께 모두 골고루 나눠주겠다고 약속하셨습니다. 힘들지만 이 고비를 다 함께 넘겨야 합니다. 조금만 참고 함께 기다리며 견뎌내야 합니다."

나는 진심을 다해 박완종 사장님의 입장을 설명했다. 그랬더니 내 말을 듣고 모두 말없이 돌아갔던 일이 고마운 기억으로 남는다. 그 후 종업원 중에 한 명이 염전근무 중에 정신질환으로 객지에 나가 고생을 하다가 다행히 회복되어 다시 염전으로 돌아온 일이 있었다. 그분이 다시 일을 할 때 나를 찾아와서 "그때 김 계장이 해 준 연설 참으로 좋았어. 그때 우리 종업원 모두들 감명을 받았지."라고 말했다. 그때 다른 분도 능히 해결할 수 있었을 텐데 정말 내 진심에 감동을 했던 것이다.

나는 늘 나를 믿어주고 키워 준 회사에 진심으로 감사함을 잊은 적이 없다.

IV

대한염업주식회사

안면도 꽃게다리

남동염전 200구 감독실

대한염업주식회사는 국내 최대 천일염을 생산하여 공급하는 회사였다. 각 구마다 100정 단위로 감독실 1개소가 있었는데 예를 들면 남동염전 100구, 200구, 300구 이처럼 세 구역으로 분리시켜 소금을 생산했다.

남동염전에 세 곳, 소래 염전에 다섯 곳, 군자염전에 여섯 곳을 두고 각각 사무실과 감독실, 염수장과 각 한 명씩 감독을 배치했다. 1정보당씩 각 구마다 염전부 1명 씩 배치해서 전체 1,440명이 소금을 생산했다.

나는 1976년 2월 28일 남동염전에 밤에 도착해서 다음 날인 3월 1일 자로 대한염업주식회사의 호봉 3급 1호로 계장으로 발령을 받았다. 이 과장님이 선발해서 도착했는데 이 과장님은 남동지사 사무실 경리과에 근무하시고, 나는 첫 배치가 남동 3개구 중 200구 염전이었다.

그때 회장님은 박완종 부사장에게 안면도 염전을 준 상태였다. 그 후 안면도 염전이 두산그룹에 양도된 후, 회장님은 박완종 부사장에게 남동 200구 염전을 줘서 관리하고 있었는데 회장님은 당장 나를 발령할 부서가 마땅치 않아 임시로 남동염전에 발령을 낸 것이었다.

다음해 회사에서 염전관리를 통합해서 운영할 때 박완종 부사장은 본사 전무로 가고 나는 군자염전 지사 내 천일염 세척 가공 공장 공장장과 함께 공원 27명을 관리하는 관리계장으로 발령을 받았다.

대한염업주식회사는 안면도 염전 전체 108정에 비해 13배가 넘는 방대한 규모를 실감했다. 본사와 3개 지사와 인천 시내 출장소와 군자 천일염 세척 가공공장 등, 과장급 이상만 모임을 할 때 많은 인원이 함께하는데 나는 유일하게 안면도 출신으로 혼자 서울로 올라와 200구 감독실에 감독 4급과 염수장 5급과 그 사이에 얹혀 있는 것처럼 생각되었다.

나는 두 책임자와 함께 염전 관리를 하는데 염퇴장과 염창고의 야적장에 연수동에 사는 아낙네들이 밤에 몰래 들어와 소금을 훔쳐가는 것을 알게 되었다. 나는 근무가 끝난 후 밤에 누구에게도 말하지 않고 혼자 순찰을 나가서 여자들을 붙잡았다. 여자들은 겁에 질려 나한테 사정을 했다. 그때 여자들에게 다시는 오지 말라고 만약 다음 또 나타나면 경찰에 넘기겠다고 단호하게 말했다. 그날 훔친 소금은 그대로 가지고 가라고 말했다. 그 후 아낙네들은 다시는 나타나지 않았다. 모두가 살기 어려웠던 시절 그 아낙들은 소금을 훔쳐다 팔아 살림에 보탰을 것이다. 하지만 아무리 어려워도 도둑질을 하는 것은 용납할 수 없었다.

직원을 관리하는 인사 관리 제도는 국영 기업일 때와 같이 공무원과 동일하게 직급이 1급에서 6급까지 정해져 있었고 대학을 졸업한 신입 사원은 4급부터 시작했다.

천일염 생산을 위주로 하는 사업장이다 보니 염전부들의 눈에는 본사나 또 각 지사나 또 출장소에 근무하는 직원들의 권위가 대단하게 보였다. 특히 본사 직원은 모두가 부러워하는 자리였다. 나는 감히 본사 근무는 생각도 못한 채, 지사 사무실에라도 보직을 받는다면 좋겠다 싶었다.

생산부에는 국영 기업일 때 천일염 생산 관리 양성소가 있어서 그 양성소 출신이 대부분 생산부서 고위직을 맡았다. 또 지사에 지사장이나 차장 자리는 감히 넘보지도 못하는 실정이었다.

가장 작은 규모의 남동지사만 해도 300명의 염전부가 있었는데 그 외 상용 사무직과 기술직을 포함해서 30-40명까지 통솔해야 하는 막중한 책임이었다. 특히 군자지사의 경우, 전체 인원 603명에 55명이 넘는 사무직과 기술직이 있었고 소래염전 역시 600명에 가까운 인원이 편성되어 운영되고 있었다.

그 당시 나는 직장만 잃지 않고 근무를 할 수만 있어도 감사했다. 어떤 보직이든 감사히 받아서 아이들을 공부시키는데 지장만 없으면 된다고 생각했다.

남동염전에 근무할 때였다. 아버님이 세상을 뜨신 후 안면도 화성사 염전에서 20년을 근무하는 동안, 술은 단 한 잔도 마시지 않았다. 못 마시는 것이 아니라 '가난부터 벗어나자'라고 다짐한 후 한 번도 술을 입에 대지 않았던 것이다. 화성사에서 회식을 할 때도 음료수만 마셨다.

그러나 서울에 올라와서 지사 출장소 등 과장급 이상 간부 사원들의 모임이 있을 때 회식 자리에 참석하게 되었다. 그때 나는 낯모르는 직원들과 소통도 안 되고 술 한 잔도 나눌 줄 모르고 결국 외톨이가 되어 왕따를 당할 때도 있었다. 그 때문에 나는 마음을 바꿔 술을 마시기로 작심했다. 그런데 안 마시던 술을 갑자기 많이 마시면 실수를 할까 봐 내 상 아래에 퇴주 그릇을 준비해 놓고 술이 몇 순배 도는 동안 나에게 오는 술잔을 다 받아 상 아래에 있는 퇴주잔에 붓고 조금씩만 마셨다. 덕분에 큰 실수 없이 낯선 동료들과 소통 할 수 있었다. 그 후 박완종 전무님이 우리 부서를 맡고 계실 때였다.

회식 자리에서 전무님이 "김 과장! 술 마실 줄 아나?"하고 물었다. 판매부장이 "네, 아주 잘 마십니다."하고 대답하니 전무님께서 "장족에 발전이구먼." 하셨다.

큰아들이 초등학교 4학년 때였는데 아내는 항상 생활비가 부족한데 옆집에 삼순이 엄마라는 염전 반장 부인이 돈을 빌려달라고 했단다. 그런데 빌려줄 돈이 없다고 하니 그 여자가 아내에게 남편이 회사에서 계장이라는데 왜 돈이 없느냐고 하면서 우리에게 안면도 거지라고 떠들었다는 말을 듣고 아내에게 너무 미안했다. 그날 아내도 화가 났다는 말을 듣고 여전히 가난에서 헤어나지 못하는 것이 한스러웠다.

한번은 아내가 애들 학교에 보낸 후 논현동 사택 부근에 있는 배 밭에서 배나무를 손질하는 일을 나갔다. 뭔가 생활에 보탬이 되려고 시작했는데 처음이라 서툴고 특히 사다리를 타고 올라가서 하는 일이라 무척 힘든 일이었다. 그래도 며칠간 일을 해서 품삯 5천원을 받아온 다음 날이었다.

그때 마침 대학에 다니는 막냇동생이 서울 마포에서 인천 논현동까지 찾아와 형수에게 돈을 좀 달라고 했다. 마침 5천 원이 있었기에 아내는 그 돈을 주면서 그동안 일을 나가서 돈을 구했으니 천만다행이라고 했다. 아내는 만약 그 돈 조차 없었으면 그 먼 길을 찾아온 막냇동생을 그냥 돌려 보낼 수 밖에 없었을 거라며 기뻐했다. 나는 지금도 그때 일을 생각할 때마다 아내에게 너무나 고맙고 미안하다.

큰아들 초등학교 졸업 때도 새 옷 한 벌도 못해줘서 늘 입고 다니던 츄리닝 차림으로 사진을 찍게 한 것이 지금도 안타깝다. 아이들 4남매를 키우면서 세발자전거 한 대도 사주지 못한 것도 후회가 된다. 또 아버지 얼굴도 모르고 태어난 막냇동생이 늘 불쌍해서 잘해 주고 싶었는데 잘 보살펴 주지 못한 것이 늘 후회가 된다.

둘째 동생을 도와주기 위해 진 빚은 매달 이자는 물론 약속한 기한 1년 후에 어김없이 갚았다. 그러는 동안 아내는 없는 살림을 살아내느라 얼마나 쪼들렸는지 모른다. 아내가 어쩌다 안면도 고향에 다니러 가면 사람들이 영철 엄마는 서울로 갔어도 왜 시골 때를 못 벗고 사느냐 물었다는 말을 들었을 때도 가슴이 아팠다. 이제 모든 일들이 아스라한 추억이 되어 석양에 아름다운 노을처럼 아름다우면서도 쓸쓸한 정경으로 떠오른다.

인천 수원간 협궤 열차

남동염전 감독실에서 임시로 일 년을 근무한 다음 인천에서 수원까지 다니는 미니 협궤 열차를 이용해 출퇴근을 했다. 일제가 우리나라에 천일염전을 개발해 놓고, 일본에서 만들 수 없는 천일염을 약탈해가기 위해 만든 열차가 인천 수원간 협궤 열차였다.

1937년 7월 11일에 개통되었다는 협궤 열차는 개통시기에 남인천의 이름이 수인역이라 수인선이라는 이름이 붙었다고 한다. 협궤 열차는 내부가 무척 좁아 양쪽에 마주 앉으면 서로 무릎이 달랑말랑 했는데 단선으로 운행하는 철도였다. 이 철도를 이용해 일제는 군자염전과 소래염전과 남동염전에서 생산되는 소금을 인천으로 실어 날랐고 또 중부 지방에서 생산되는 곡물도 협궤 열차를 통해 일본으로 수탈해갔다.

남동역에서 아침 6시에 출발하는 미니 협궤 열차는 두 칸이 운행되는데 인천에 사는 아낙네들이 생선이나 또 생필품 등을 협궤 열차에 싣고 오르내렸다. 기차에서 내리면 물건들을 머리에 이고 시골 동네를 돌아다니며 팔고 다시 협궤 열차를 타고 돌아오곤 했다.

나는 출퇴근을 할 때마다 그 아낙들을 만났다. 당시 우리나라에서 가장 큰 염전 대한염업㈜ 군자지사는 군자역에서 내리면 역 앞에 큰 염전창고가 있었다. 당시 농촌은 새마을 운동으로 초가집이 헐리고 지붕개량을 하던 시절이었는데 남동염전과 소래염전 지사 사무실은 일본인들이 산 위에 터를 잡고 지은 단층 목조 건물이었고 협궤역에서 약 150미터 거리에 군자지사 사무실은 그보다 후에 지은 슬래브 식 건물이었다.

첫 출근을 하던 날 집에서 새벽 5시에 일어나 협궤 열차를 타고 세 정거장을 지나 내리니 7시 전이었다. 지사 사무실은 물론 공장 문도 열리기 전이었다. 다른 직원들이 출근한 후에야 지사 사무실로 들어갔다. 군자지사 사무실은 안면도 화성사의 사무실보다 규모가 훨씬 컸다. 사무실에는 차장의 자리와 생산과, 관리과, 경리과 세 과가 배치되어 있었다. 공장 사무실은 별도로 없고 지사 사무실 한쪽에 내 자리인 관리계장

자리가 기다리고 있었다.

안면도에서 외톨이로 간 나는 공장장과 같은 급수였다. 공장장은 미원을 만드는 공장에서 일을 했다는데 공장장은 공장에서 염분 때문에 자주 고장을 일으키는 기계들을 관리하고 점검하는 일을 했다. 나는 천일염전 일만 했기 때문에 기계나 가전관리는 전혀 몰랐다. 집에서 퓨즈가 나가도 손 볼 줄 모를 정도였다.

인사를 나눈 후 공장을 돌아보는데 염분에 찌들어 기계들이 녹이 슬고 낡은 철제 부산물들이 널브러져 있었다.

나는 공원들에게 인사만 하고 일단 공장 정리부터 하기 시작했다. 관리계장이란 사람이 일주일 동안 주변을 정리하면서 빗자루를 들고 청소를 하니 공원들이 의아하게 생각하는지 내 눈치를 보았다. 나는 고쳐야 할 사안들을 정리해서 머리에 담고 일주일 후 공장 반장들을 불러 모았다. 퇴근을 한 후 반장들을 중국집으로 안내했다. 내 삶이 여유롭지는 않았지만 짜장면과 막걸리를 사주면서 그들에게 말했다.

"나는 그동안 염전에서만 근무해서 공장일은 아무것도 모릅니다. 솔직히 이곳에 와보니 여러분들 참으로 열심히 일을 한다는 걸 알게 되었습니다. 앞으로 잘 부탁합니다." 하고 정식으로 인사를 건넸다.

이어서 앞으로 하루에 천포의 천일염 분쇄 가공작업을 하는데 일찍 끝내면 바로 퇴근시키겠다고 말했다. 그랬더니 반장이 "그러면 지사장한테 혼납니다."라고 걱정부터 했다.

"그 문제는 내가 책임을 질 테니 걱정 마십시오."

하고 안심을 시키면서 작업 종료 후에는 각부서 별로 기계 청소와 점검을 철저히 하고 내가 확인을 한 후에야 퇴근할 수 있다고 못을 박았다.

그 후부터 공장의 천일염 분쇄는 천포를 훨씬 넘겼다. 날로 공장 내 환경이 눈에 뜨이게 변하기 시작했다. 나는 종전의 제품 포장 후 적차 작업은 자동차에 물건을 실을 때마다 몇 포 더 실을 수도 있겠다고 생각했다. 그 후부터 포장 제품도 좌우에 열을 지어 질서정연하게 했고 언제든지 누가 봐도 제품이 얼마나 남았는지 알 수 있게 해 놓았다. 출고를 할 때 일일이 입회하지 않아도 규정대로 하니 질서가 잡혔다.

한편 본사에서 상무이사 한 분이 매주 수요일에 한 차례씩 본사를 출발하여 3개 지사 인천 출장소 군자공장을 돌아보는데 차차 달라지는 공장의 모습을 보고 흐뭇해했다. 뿐만 아니라 가공량도 늘어나는 것을 확인하고 나를 격려해 주었다. 소금을 분쇄하여 수동으로 세척하려면 삽으로 건조기에 일일이 퍼 넣어야 하는데 상무님은 공원들의 고충을 덜어주기 위해 일본에서 콘타벡스 H400형 자동 원심 분리기를 수입해서 사용하게 해 주었다. 자동 기계가 들어 온 후부터 공원들은 고생을 덜었고 작업 능률도 몇 배로 올랐다. 그 후 공장은 농심 라면 공장에 스프용 가공염과 또 한일합섬에 공업용 소금 등을 공급하면서 그야말로 공장 설립 후 전성기를 맞았다. 나도 우수 근무성적 표창을 받았는데 상경 후 정식으로 보직을 받은 지 1년도 채 안될 때 회사로부터 인정을 받는 계기가 되었다. 나는 그때 상을 받는 내 모습을 흐 뭇하게 지켜보시던 회장님 표정 을 잊을 수가 없다.

대한염업표창

공장을 가동할 때는 원만하게

1977년

가동이 되도록 전반적인 상황을 파악하여 적절한 처방을 내는 것이 중요했다. 가장 큰 문제는 납기는 촉박한데 기계의 부품이 고장 났을 때였다. 공장장은 기계를 뜯어 원인을 확인하고 손수 청계천까지 가서 부품을 사다가 고치느라 시간이 너무 오래 걸렸다.

그 사이 가동은 중단되고 생산량은 목표치에 미달되는 사태가 반복되었다. 나는 부품의 번호를 각 부분별로 기록해서 관리를 시작했다. 이후 기계가 고장 나면 공장장이 기계를 분해하는 동안 반장을 청계천에 보내 번호대로 부품을 사오게 시켰다. 또한 자주 고장 나는 부품은 여유 있게 비치해서 수리하는 시간을 최대한 단축시켰다. 부품관리대장을 작성하면서 자주 고장이 나는 부품도 알게 되고 그런 부품은 항상 여유롭게 비치했다.

그러나 내가 아무리 잘한다고 해도 나보다 먼저 오래 근무한 지사장을 비롯한 각 부서의 직원들과는 많이 낯설었다. 게다가 나보다 나이가 어려도 나보다 호봉이나 학벌이 높으면 드러내지는 않아도 나를 무시하는 게 느껴졌다.

한번은 본사로 부터 계리사 회계 감사가 있을 때였다. 공장 재고 중에서 수량이 적게 잡히지 않도록 하라는 연락을 받았다. 그런데 공장관리 담당에게 맡겨야 할 사항을 지사관리계장이 맡아 터무니없이 높게 말해서 감사원이 오히려 실물보다 적게 책정하고 말았다. 지사장이 이 일 때문에 꾸중을 했는데 김경태가 그랬다며 거짓말로 나한테 뒤집어씌웠다. 그러나 나는 억울함을 꾹꾹 눌러 참으며 분을 삭였다.

만약 내가 잘못이 없다고 싸움을 했다면 군자지사에서 나는 더 외톨이가 되었을 것이다. 매일 한 사무실에서 지사장들과 차장, 또 각 과장과 계장들 여직원까지 함께 생활할 때 나는 어릴 때부터 머리에 박히도록 경험한 말조심을 하면서 실수를 두 번 다시 반복하지 않으려고 항상 살얼음판을 걷는 심정으로 업무에 임했다.

1995년 (주)성담소래지사 소래염전 지사장실

군자지사에서

군자 공장에서 열심히 근무하던 어느 날, 본사로부터 인사 발령장이 도착했다. 놀랍게도 내가 관리과장이 된 것이었다. 내가 계장을 할 때 항상 나를 무시한다고 생각했던 계장은 그대로였는데 내가 그 사람 위로 발령이 난 것이었다. 당황스럽고 그 계장한테 미안하기도 했지만, 한편으로는 더 잘해야겠다고 다짐을 했다.

공장 관리계장 책상에서 갑자기 지사 관리과장 자리로 옮겼으나 같은 과 계장에게는 연륜, 연령, 학벌, 모든 면에서 나보다 더 훌륭한 분이라 생각하고 정중하게 대했다. 그 후 군자지사 관리과장인 내게 감독과 지사장에게만 지급된 오토바이를 지급해 주었다. 나는 오토바이를 타고 황야를 달리듯 염전의 각호와 역전에 있는 염창고들을 돌았다. 그 때도 출고와 상차 때 두 대의 운송작업 관리를 감독하고 역전에 있는 염전 야적장을 다니면서 잠깐잠깐 짬시간을 이용해 결재 서류를 확인하고 날인했다. 그 외 시간 대부분은 현장을 돌아다니며 확인하여 소금포장과 출하 관리에 차질 없도록 만전을 기했다. 또 한가로운 시간이 생기면 역전 창고 앞에서 출하를 점검하고 비축할 수 있는 소금은 비축하여 성수기에 원활하게 공급해서 판매할 수 있도록 계획을 세웠다.

어느 날 결재 서류 중에 눈에 거슬리는 내용이 있었다. 처음 보는 서류였는데 관리계장에게 물었더니 뜻밖의 대답을 했다.

결제할 내용은 나와 계장과 지사장이 쓸 용돈이라고 했다. 나는 고개를 강하게 저었다.

"이런 건 결재할 수 없습니다. 계장님, 똑똑히 들으시오. 이런 일에 내가 관심을 가졌다면 이 자리에 오지도 못했소. 이 서류 당장 파기하시오."

내 말에 계장이 서류를 얼른 집어 들었다. 그 손이 떨리는 게 역력하게 보였다.

나는 그 후에 그런 생각을 만들어 낸 경위를 알아보기 시작했다. 넓은 염전에서 소금 50킬로씩 포장해서 열 포씩 120

포를 열두 칸에 실었다. 역전 창고에 운반하면 하청 인부들이 하차해서 입고를 시켰고 추후 자동차가 도착하면 출고해서 다시 차에 실었는데 자동차가 점점 늘어나니 현장에서 신고 와 소금을 직접 자동차에 실을 때 회사에서는 비용절감을 시 키도록 노력했다. 하지만 점점 산업화로 인해 건설 현장에 인 력이 몰려 인건비가 날로 상승했다. 이러한 때에 1차 산업의 어려움을 겪으면서도 온정을 베푸는 회장님의 기업 이념을 나는 항상 마음속으로 감사했다. 적자 운영에도 기본 급여와 상여금 300프로였고 염전의 특성상 년 차 근무 휴가를 유급 수당 일개월 분까지 합쳐 지급해 주었다. 그러니 매년 16개월 분의 급여를 받게 되었다. 얼마나 고마운 일인가. 그러니 내 생각은 더 열심히 회사 발전을 위해 일을 해야 된다고 생각했 고 비정상적인 방법으로 자동차 상차 비용 중에서 허위로 하 차 입고 기록을 하고 그 비용을 도용하는 것은 도저히 용납할 수 없는 일이었다.

남동염전 감독실에 근무할 때 염전현장 사무실에서 어쩌다 가 업무차 들른 남동지사 사무실이 부럽게 보였는데 그 두 배 가 되는 군자지사 사무실에서 간부사원으로 근무를 하게 되 니 책임감이 무거웠다. 그러나 자만하지 않아야 된다는 생각 을 하면서 하루하루를 감사의 마음으로 마무리했다.

평생 동안 나를 초라하게 한 것은 간부사원 중 유일하게 나만 고등학교 졸업장이 없으니 보내달라는 인사과의 전화였다.

남동역에서 열차로 출근할 때였다. 하루는 눈이 많이 내려 발목까지 빠졌다. 눈이 쌓인 새벽길에 처음으로 발자국을 찍으며 협궤 열차를 타려고 역전에 가는데 늦을까봐 잠바에 가죽장갑을 낀 손을 잠바 주머니에 넣고 달려가다가 넘어져서 크게 다칠 뻔한 적이 있었다. 인천에서 수원까지 다니는 두 칸 짜리 협궤 열차에 타면 단골 승객들을 많이 만났다. 인천에서 장사를 하는 분도 있었고 때로는 귀한 음식도 준비해서 나누어 먹기도 했다. 어떤 날은 애절한 삶의 이야기를 들려주는 분도 있었다. 그렇듯 협궤 열차를 이용해 출퇴근 시간마다 또 다른 인생살이를 통해 많은 것들을 배우는 시간이 되기도 했다.

1979년 군자염전 비축

나는 입사 후 23년이 넘을 무렵 천일염업계 최고규모의 군자염전에서 근무한다는 자긍심을 갖고 스스로 한층 더 차원 높게 생각하려고 노력했다. 나의 행동이 가볍지 않도록 더 배우고 더 열정을 쏟았다. 그러나 무엇보다 중요한 것은 매사에 겸손해야 된다고 마음을 가다듬었다.

그 즈음 호봉은 높아도 나와 직급이 같은 과장님이 계셨는데 연령도 나보다 5~6년이 많고 서울대를 나오신 분이었다. 그분은 평상시 말씀도 별로 없고 점잖아서 앞으로 지사장 후보로 생각하고 있었다. 군자염전 주변에 거주하면서 오랜 기간 생산 과장으로 근무했다. 그 외 또한 그분은 경리 책임자로 성격도 쾌활하고 연륜도 높고 또 업무 처리에 능통한 분이라 나는 감히 그분과 견줄 수도 없었다.

나는 그런 분들을 보며 내 나름으로 교훈으로 삼는 구절들이 있었다. 그 글은 청학동 삼성궁에서 배운 글이었다.

\<지혜로운 이의 삶\>

유리하다고 교만하지 말고

불리하다고 비굴하지 말라

무엇을 들었다고 쉽게 행동하지 말고

그것이 사실인지 깊이 생각하여

이치에 맞을 때 행동해라

벙어리처럼 침묵하고

임금처럼 말하며

눈처럼 냉정하고 불처럼 뜨거워라

역경을 참아 이겨내고

형편이 나아질 때를 조심하라

재물을 오물처럼 볼 줄도 알고

터지는 분노를 잘 다스릴 줄 알라

때로는 마음껏 풍류를 즐기고

사슴처럼 두려워할 줄 알며

호랑이처럼 용맹할 줄 아는 것이

무릇 지혜로운 이의 삶이다

항상 마주하는 일상들이 나에게는 모두 배움이었다. 언제
나 더 배우려고 깊이 생각했고 또 회사에 더 나은 발전이 무

엇인지를 염두에 두고 살려고 노력했다.

본사 모 상무는 이북에서 오신 분으로 서울대를 나오셨다. 대한염업주식회사 운영에 최일선에서 책임을 다하셨는데 3개 지사와 출장소, 군자공장에 본사 근무 중 매주 수요일마다 와서 각 사업장을 순시했다. 그분은 모든 임직원의 인사까지도 사실상 총괄했는데 하루는 직접 나한테 전화로 말씀하셨다.

인천 모 다방으로 나를 나오라며 몇 시에 가 있을 테니 협궤 열차 편으로 지사장은 물론 아무에게도 말하지 말고 나오라 했다.

무슨 일일까 궁금해 하면서 그 분을 만났더니 "김 과장, 본사에 판매과장 자리가 비었는데 김 과장이 본사로 올 수 있겠는가?"라고 물었다.

나는 겸손하게 지사염전 감독실이라도 다 좋다고 말했다.

그 상무님은 "혼자만 알고 계시오. 3일 내로 발령이 날 겁니다."라고 말하고 자리에서 일어났다. 나는 사흘 후에 본사로 발령이 났다.

사무실 모든 분들과 정이 들어 지사 생활이 즐거웠고 재미있었는데 그분들과 함께 했던 시간들을 뒤로 하고 서울 본사로 출근을 해야 했다.

그동안 협궤 열차로 출퇴근을 하면서 동승했던 분들과 애환이 서렸는데 그분들과도 이별을 해야 했다.

쌍용빌딩 11층

본사에 발령을 받은 후부터 내 자신이 더 위축이 되었다. 지사에서도 내 학력이 낮아 항상 초라했는데 본사에는 더 좋은 대학 출신들도 많을 것이고 훌륭한 경력의 소유자도 많다는 사실이 나를 주눅 들게 했다. 그러나 기회가 주어진 이상 모든 것에 감사하면서 기죽지 않고 내 신념대로 끝까지 열심히 내 책임을 완수하면 된다는 믿음으로 임하기로 했다.

꿈에도 생각지 못한 본사 발령은 나를 몹시 흥분시켰다. 안면도에서 올라와 첫 번째 자리가 남동염전 감독실이었고 이어 군자공장을 거쳐 군자지사 과장까지 이어진 것만도 나에게는 꿈같은 일이었다.

서울 본사로 출근하면서 달라진 것이 있다면 넥타이를 매는 것이었다. 정장을 하고 넥타이를 매고 회사를 상징하는 금배지를 달고 정문으로 들어서면 수위가 거수경례를 했다. 처음에는 그 인사가 얼마나 어색한지 인사를 받을 때마다 긴장이 되었다.

예상대로 본사 사무실에는 서울대 출신 두 분과 연세대학 출신 등 쟁쟁한 학벌을 가진 분들이 있었다. 나는 스스로 위축되지 말자고 다짐하면서 무슨 일이든 책임을 완수하자고 결심했다.

남동염전 사택에서 19번 버스를 타고 시골길을 달려 인천 제물포역에 내려 1호선 전철로 갈아타고 한 시간쯤 걸려 서울로 들어오면 한강물이 나를 반겼다. 종로 3가역에서 내려 서울의 가장 중심지인 저동의 쌍용빌딩으로 들어설 때는 세상이 다 내 것처럼 흥분되었다. 대한염업주식회사 본사는 쌍용빌딩 11층에 있었다.

모든 것이 남들보다 부족하다는 마음으로 회사에 가장 먼저 출근했고 겨울에도 날마다 샤워를 하고 출근했다. 안면도에서 초등학교 4학년 밖에 다니지 못한 내가, 서울의 한 복판에 있는 본사에 양복을 입고 넥타이를 매고 출근하는 일은 나에게는 일종의 성스러운 제의만큼 엄숙한 일이었다.

업무를 볼 때에도 최선의 마음으로 열과 성을 다했다. 한번은 열심히 업무를 보고 있는데 모 상무님이 옆에 오더니 "김 과장 춥지 않나? 다 회사 유니폼 잠바를 입었는데 김 과장만 셔츠차림이야."라고 말했다. 사무실을 둘러보니 정말 다 겉옷을 입고 있는데 나 혼자서만 와이셔츠를 입고 있었다.

정동근 회장님은 매일 출근은 하셔도 서류결제는 하지 않았다. 혈압으로 언어가 좀 불편하셨는데 회장님께서는 아침마다 누구보다 일찍 나오셔서 나도 일찍 출근했기 때문에 항상 먼저 인사를 드리게 되었다. 정동근 회장님은 나의 은인이라는 생각을 한시도 잊지 않았기 때문이었다.

회장님은 내 마음을 아시는지 가끔 여비서를 시켜 나를 불러 천일염업계 현황을 물어보셨다. 나는 그때마다 전국의 천일염 생산현황을 상세히 말씀드렸고 재고 현황과 가격 동향도 함께 말씀을 드렸다.

나는 회장님을 자주 대하면서 1,440여 명의 종업원을 한 식구처럼 생각하시는 모습을 많이 보았다. 명절이 되면 상여금을 더 주고 싶어 하시며 사원들이 어려운 살림에 상여금이 보너스가 아니고 생계비라 생각하는데 준비가 안돼 마음껏 주지 못해 안타깝다고 말씀하시던 모습도 기억에 남는다.

회사에 부도설이 돌 때 직원들은 일은 하지 않고 삼삼오오 모여 앉아 걱정만 했다. 그럴 때도 나는 내가 맡은 일에 최선을 다 했는데 회사가 정상으로 돌아왔을 때였다. 하루는 경리부 모 이사가 17층 라운지로 나를 불렀다. 무슨 일인가 싶어 급히 올라갔더니 그 이사가 내게 말했다.

"김 과장과 차 한 잔하고 싶어서 불렀습니다. 회사가 위기에 처했을 때 묵묵히 일하는 김 과장을 유심히 보았고. 참 고마웠습니다. 앞으로도 열심히 해 주시기 바랍니다."

"고맙습니다. 이사님."

나는 나를 알아주는 분들이 있어서 열심히 일할 수 있었다.

천일염 생산은 날씨와 기온과 강수량에 의존하는 수박 농사나 고추 농사와 같았다. 1,440여 정보나 되는 넓은 면적에서 생산되는 천일염은 풍년일 때는 가격이 내려가고 비가 많이 와서 흉작일 때는 가격이 폭등해도 물량이 없어 이익을 낼 수가 없으니 사원들에게 잘해 주고 싶어도 날씨가 받쳐주어야 가능했다.

본사에 갔을 때가 큰아들이 독일 베를린대학에 유학할 때였다. 그즈음 나는 아들 내외와 손자 손녀까지 네 식구의 생활비를 보낼 때라 회사에 대한 고마움을 항시 잊을 수가 없었다.

대관령의 추억

어느 해 가을이었는데, 그날은 마침 일요일이었다. 그 당시 내가 차장일 때였는데 내 관할인 강릉 육군보급소에 천일염 두 트럭을 보내고 월요일 아침에 입고확인서를 수령하려고 강남터미널에서 천일고속을 타고 강릉으로 향했다. 버스에 오르니 내 옆에 한 자리가 비어 있었다. 그때 뒤편에서 중년 여자 한 분이 내 옆으로 와 앉았다. 옷매무새가 무척 단정해 보였다.

그때는 버스 안내양이 있을 때였다. 안내양이 차 안에서 마이크를 잡고 왔다 갔다 하다가 내 옆에 서서 말했다.

"오늘 우리 천일고속버스에 모두 신혼부부들만 타셨습니

다. 이렇게 좋은 날 의미를 부여해야죠. 제가 앞에서부터 지정하는 대로 부부가 함께 나와 노래를 하셔야 됩니다."

나는 어리둥절했다. 그러는 사이 안내양이 차례대로 노래를 시켰는데 모두 어찌나 잘하는지 웬만한 가수를 뺨칠 정도였다. 대관령이 가까워질 무렵이었다. 나는 신혼부부로 오해를 받을까봐 몹시 긴장이 되었다. 그때 나는 정장에 회사 배지를 달고 있었는데 여자 분이 나에게 먼저 말을 걸었다.

"어디까지 가세요?"

"회사 일로 강릉에 볼일이 있어 갑니다."

그 후, 또 침묵이 이어졌다. 그러는 사이 신혼부부의 노래가 다 끝났다며 안내양이 마이크를 잡고 내 곁으로 다가오며 말했다.

"자, 이제 신혼부부의 노래는 다 들었고 이번에는 옛날부부 한 쌍의 노래를 청해 듣겠습니다."

순간 내가 당황스러워서 마이크에 대고 "우리는 부부가 아닙니다."라고 했더니 버스 승객들이 모두 배꼽을 잡고 웃었다. 나는 다른 사람들의 노래를 들었으니 보답은 하겠다고 생각하고 "우리는 부부가 아니지만 노래는 부르겠습니다."라고 말했다. 얼결에 〈대관령길손〉이라는 노래를 불렀다. 안내양이 내 옆자리에 있는 여자에게 노래를 부르라고 마이크를 건넸다. 그 여자도 노래를 잘했다. 내가 노래를 부를 때 마침 대관령을 넘고 있던 터라 나도 자연스레 그 노래가 생각이 난 것이었다.

강릉에는 늦은 밤 도착했는데 우리는 동행한 인연으로 차라도 한잔 나누자며 찻집으로 갔다. 얼결에 찻집까지 갔지만 여전히 어색했다.

"강릉엔 자주 오세요?"

여자가 물었다.

"예, 1년에 두 번 출장을 옵니다."

"아, 그러시군요. 강릉 오실 때는 꼭 연락 주세요."

여자 분이 먼저 전화번호를 건네며 말했다. 나도 전화번호를 적어 주면서 물었다.

"남편분은요?"

"예, 아주 멀리 있어요."

여자는 자연스럽게 말했다. 나도 딱히 할 말이 없어 그대로 응수했다.

"아 네."

밤이 너무 늦은 시각이라 우리는 이내 자리에서 일어났다. 그대로 헤어져 숙소에 왔는데 문득 남편이 멀리 있다는 말에 더 묻지 않는 게 걸렸다. 멀리 있다는 말이 이 세상 사람이 아니라는 건지 아니면 멀리 외항선이라도 탔다는 건지 괜한 의문이 들었다.

그 후 출장에서 돌아와서도 쓸데없는 의문이 문득문득 들어서 만약 남편이 멀리 타국에 가 있거나 외항선이라도 탔다면, 그 남편의 입장이 어떨까 하는 생각이 들었다. 나는 서둘러 고개를 젓고 전화번호를 찢어버렸다.

그 후 한참 시간이 흘렀을 때였다. 우연히 회식 자리에서 그 이야기를 하게 되었다. 전화번호를 찢어버렸다는 말을 했더니 같은 부서 동료들이 그 아까운 번호를 왜 찢었느냐며 자기들한테 주지 그랬느냐고 아쉬워했다. 손도 잡지 않았고 서로 연정을 품은 것도 아니었지만 잠깐의 만남을 가끔 생각할 때마다 추억으로 떠오른다. 어디에서든지 남편과 행복하게 살기를 바랄 뿐이다.

지사장에게 지프차가 지급되다

염전은 종업원 배치가 10정보 당 평상시는 10명이 적당했다. 그런데 인건비 때문에 최소로 줄여 4명씩을 배치해서 운영했다. 그야말로 최소의 인원이었다.

그러던 어느 날이었다. 본사에서 천일염 생산이 계속 적자인데 한 사람의 인건비라도 줄여야 한다며 네 명에서 한 명을 줄여 세 명으로 배치한다고 했다.

나는 오랫동안 염전에서 잔뼈가 굵은 사람으로 절대 안 된다고 반대를 했다. 회사에서는 그 일로 회의를 무려 열한 번이나 했다며 본사의 지침대로 결정해버렸다.

나는 고개를 저으며 사흘 이내로 사표를 내겠다고 말하고 회의장을 빠져나왔다. 이튿날 출근을 했는데 본사 총무부장으로부터 전갈이 날아왔다.

회사에서 무려 40여 년을 근무했는데 본사로 와서 인사는 하고 가야 한다는 내용이었다. 생각해보니 타당한 말이라 급히 본사로 올라갔다. 임원께서 나를 보자마자 간곡하게 말했다.

"김 이사가 회사를 떠나면 안돼요. 안면도처럼 천일염전 종말이 가까운데 끝까지 마무리를 해 주셔야 합니다. 회장님께서는 김이사의 퇴직 후 노후 대책까지 고려하고 있어요. 그러니 떠난다는 생각은 하지 마세요. 정 그 결정이 아니다 싶으면 김 이사 의견대로 해드릴게요."

나는 고개를 강하게 저었다.

"안됩니다. 회장님께서 결정하신 사안을 임직원이 반대한다 해서 번복하시면 또 다음에 이런 문제가 있을 때 어떻게 대처하시려고요."

"그럼 어떻게 했으면 좋겠습니까?"

나는 잠시 침묵을 지키다가 이렇게 말했다.

"이번 문제는 지사장에게 재량을 맡겨 금년 연말 결과가 나쁠 때 본인이 책임지고 회사를 떠나는 걸로 결정하셨다 하시면 됩니다."

내 말이 끝나자마자 무릎을 탁 치며 말했다.

"그래요! 그래서 돌아가신 회장님께서도 김 이사를 좋아하시지 않았습니까! 이제 됐어요."

그러더니 즉시 임원회의 개최를 발표했다. 임원회의에서 나는 그간 주장을 낸 임원의 안색이 변하는 걸 보았다. 회의가 끝나고 바로 각자의 사무실로 갈 때였다. 나는 얼른 그 임원의 방으로 따라 들어갔다. 탁자를 사이에 두고 마주앉아 차분하게 말했다.

"저 제가 주장하는 것을 나쁘게 생각하지 마세요."

내 말에 얼굴빛이 변했다.

"김 이사는 왜 그렇게 머리가 안 돌아갑니까? 글씨도 잘 쓰고 발표력도 좋은 분이 회사 방침대로 하면 될 것 아닙니까?"

"염전부 한 명을 줄이면 현장에서 고생하는 종업원들의 고통이 크기 때문이고, 기왕 생산활동을 할 바에는 생산성을 올려야 된다는 생각입니다."

그분이 내 말에 화를 내며 "앞으로 김 이사와는 말도 않겠습니다."라며 자리에서 벌떡 일어났다. 나는 곧바로 지사로 돌아왔다. 그 후 목포지방에 지도염전 조업방식으로 현장 반장급 이상 차트를 만들어 교육을 시켰다. 1934년부터 일본인들이 축조한 천일염전의 조업방법은 무려 60여 년을 지나오면서 주안, 남동, 소래, 군자, 서산까지 그 넓은 염전들의 수많은 생산부서 간부들이 하지 못한 일을 노조 반발도 무릅쓰고 설

목포 지도염전. 천일염 조업방법 개선 견학

득을 시켜 조업방법을 개선시켰다. 검고 입자가 작은 소금들을 60년 만에 굵고 흰 그야말로 최상의 천일염으로 탈바꿈시켰고 생산량도 늘어나 결정지판에 하얀 소금이 수북하게 쌓였다. 전임들이 하나도 해내지 못한 조업방식 개량이었다.

전임들이 생산한 소금은 검고 상품 가치가 없었다.

조업방식 개선으로 입자가 굵은 하얀 소금이 생산된다는 소식을 듣고 삼성그룹에서 모셔 온 이 전무님이 달려오셔서 채염작업을 직접 해 보실 때 각 구에서 모인 감독 중 한 사람이 누가 시킨 것도 아닌데 큰소리로 말했다.

"김이사를 진작에 지사장으로 모셨더라면 우리 회사가 적자 없이 운영되었을 것인데."

이 전문님이 본사로 가실 때 소금 한 봉투를 가져갔는데 바로 다음 날 이 총무부장이 전화를 했다.

"김 이사님! 본사에서 지프 한대 사 보내드리라 해서 지금 예약했습니다. 3일내에 도착할 겁니다."

나는 한동안 꿈을 꾸는 것 같았다. 지금과 달리 동네에 승용차 한 대도 없을 때였는데 귀한 승용차가 지사에 배치된다니 얼마나 놀라운 소식인지 몰랐다. 당시 월급 등 자금을 수령할 때도 버스로 인천시내까지 가서 올 때는 자금을 택시에 싣고 오던 때였다. 차가 나온 후부터 나는 직원들의 업무 출장 시에도 활용토록 했고 나도 지사장에게 125cc 오토바이가 지급될 때 지프로 그 넓은 염전 현장을 순찰할 수 있었다.

차가 지급된 후 나는 당장 좋은 음식과 술을 차에 가득 싣고 염전 현장 5개구를 돌면서 각구에서 교육시켰던 반장 이상을 모두 모아 놓고 감독실에서 음식과 술을 한잔씩 대접했다.

"여러분들이 어려운 일을 묵묵히 해내어 지사장으로서 여러분들께 고맙게 생각합니다."

내 말에 한 반장이 말했다.

"지사장님, 저는 열일곱 살부터 예순이 다 되도록 이 염전에서 평생을 보냈는데 이렇게 지사장님께 대접을 받기는 처음입니다."하며 기뻐했다.

　나는 진심으로 일을 해 준 반장들 덕이라는 생각을 한시도 잊은 적이 없었다. 내가 열심히 해서 성심을 다하면 나의 진심이 통하게 되고 모두 한마음이 된다는 것을 늘 잊지 않았다.

일본 해상대학 연수

현장에 지프를 받기 전인 1994년 10월이었다. 우리나라 600개 기업이 간부들을 10월 2일부터 10월 9일까지 7박 8일 동안 일본 해상대학으로 연수를 보내주었다. 일본의 최남단부터 동경까지 버스와 선박 또 신간센 열차와 기차를 이용하여 일본의 문화유적지와 산업 시설을 둘러보는 연수였다.

난생 처음 대학이란 곳에서 며칠 동안 공부를 하게 된 것이었다. 학교 공부는 아니지만 짧은 기간 동안 일본에 처음 가기 위해 호화스런 페리호를 타고 현해탄을 건넜다. 그 당시 우리나라에는 없던 신칸센 고속열차도 탔다. 그동안 反日 감정에서 한 발 더 나가 산업은 克日을 부르짖은 결과 많은 분야에서 우리나라가 더 발전한 것도 있지만 당시 회사에서는 일본을 넘어서려면 어떻게 생산성 향상을 이루어 내는지 또 국민들은 어떤 자세를 가져야 하는지 직장인들의 의식은 어떤지 등, 멀고도 가까운 이웃나라 일본을 통해 배우는 연수여행이었다.

그때까지 늘 부족함을 느꼈던 나 자신을 위해서 국제 감각을 터득할 기회를 준 회사에 감사의 마음 간직한 채 일본으로 떠났다.

1994년 10월 2일 첫날

국내 600개 업체 중에서 선발된 임직원들은 모두 96명이었다. 서울경제신문사 산업부 기자가 취재를 위해 우리와 함께했고, 그 외 인솔 관계자분들 포함해서 100여 명이 넘었다.

각 업체들에서 선발된 사람들이 부산에서 집결했는데 동국제강 직원 30명을 비롯해서 우리 회사에서는 성담개발㈜ 차장, 또 ㈜성담에서 총무부장과 이사인 나를 포함 총 96명이 부산에 집결해서 오후부터 입국 수속을 마치고 페리호에 승선했다. 승선하자마자 1시간 동안 출항식 및 오리엔테이션을 마치고 5시 반부터 뱃고동을 울렸다. 선내에서 저녁 식사를 마치고 잠시 휴식을 즐겼다.

6시 반부터는 김상모 KID(한국산업개발연구원) 연수원장의 "한일협력관계의 오늘과 내일" 주제로 특강이 있었다.

일제에 의해 강점을 당해 식민지 시대를 겪어야 했던 대한 제국. 일제에 끌려가 갖은 고통을 겪다가 해방이 되어 목이 터져라 외치며 고향으로 돌아오던 귀국선을 생각하니 감동이 밀려왔다.

현해탄을 건너면서 회사에 거듭 감사한 마음이 들었다. 우리보다 여러 가지 기술이 앞선 일본에서 이 기회를 통해 많은 것을 배워 와야 한다는 의무감이 일본에 대한 반한 감정을 극일감정으로 바뀌었다. 호랑이를 잡으려면 호랑이 굴 속으로 들어간다는 속담을 생각하면서 김상모 원장의 극일에 대한 선상 강의도 열심히 들었다.

난생처음 선상에서 잠을 자고 일어나니 이튿날 아침이었고 배는 일본의 최남단 후쿠오카의 하카다 항구에 도착해 있었다.

우리 일행 세 명은 날이 밝자마자 선상에 올라가 처음 보는 일본 해안의 항구를 바라보면서 부산에 비해 오히려 작은 항구라는 것을 실감했다.

아침식사 후 하카다 항에서 입국 수속을 마치고 곧바로 오전 9시 반에 출발해서 구마모토성을 관람했다. 그 후 볼보 관광 2

층버스 편으로 나누어 우리가 탄 1호 버스는 오후 2시부터 2시간 동안 미쓰비시 화성공업을 방문해서 연수가 시작되었다.

미쓰비시는 규모가 큰 회사로 사내에 바다 부두가 접안되어 있고, 또 철도가 연결되어 있었으며 내부 관람이 아니고 규모가 매우 커서 버스를 탄 채로 관람했다. 벳부 스기노이 호텔에서 저녁 식사와 하루 밤을 지내고 3일째 날은 오전 8시에 호텔을 출발해서 다카사키산(원숭이공원)을 관람했다. 중식 후 마린 팔레스 및 지옥 순례코스를 방문하고 저녁은 선내에서 하고 숙박은 한큐페리호에서 자율 시간을 끝으로 또 하루 일과를 마쳤다.

10월 5일, 4일째 날은 07:50분에 오사카 이즈미오츠항에 도착해서 선내에서 조식을 마친 후 하선, 우리 일행은 바로 1호차를 타고 유키지루시유업을 방문했다. 치즈 생산 과정을 견학하는데 초등학교 학생들이 많이 와서 관람했다. 회사에서는 초등학생들 모두에게 선물 꾸러미를 나누어 주어서 의아해서 물었더니 이 아이들은 장차 자기네 회사의 고객이란 생각으로 정성껏 모신다고 했다. 기업 운영에 먼 훗날까지도 염두에 두고 투자하는 모습이 새롭게 느껴졌다.

오사카 로얄호텔로 이동해서 체크인을 한 후 상권견학(신사이바시) 및 자율 활동을 했다.

5일째 날인 10월 6일 08:40시에 오사카 호텔을 출발해서 교토를 경유해서 중간에 오사카 동양도자기 미술관을 관람하고 도쿄 게이오 프라자호텔에 도착했다.

이곳에서 헤이안(平安)신궁 및 청수사를 관람하고 교토로 출발했다. 도쿄 신칸선(히까리 254편)을 이용해 호텔 도착 후 체크인을 마치고 자율 시간이 주어졌다.

7일째 도쿄에서 현지 세미나가 09:00-11:00시 까지 진행되었는데 "일본의 생산성 활동의 실제"에 대한 강의를 들었다. 곧바로 11:00-12:00시 까지 종합 평가회를 했는데 팀별 현지 활동과 상권견학(아끼하바라) 및 개별 활동을 가졌다.

다음날 도쿄 도청을 방문하고 오후에 호텔을 출발해서 황거 관람을 마치고 나리따(成田)시로 이동해서 나리따 신승사를 관람하고 리가 로얄호텔에서 숙박했다.

8일째 되는 10월 9일, 나리따 공항을 출발해 도쿄발 대한항공 KE 703 편으로 서울에 도착했다. 이로써 7박 8일의 일본 연수를 끝냈다.

우리나라 문화유산이 흘러 들어간 일본의 곳곳을 쫓아 문화 유적지와 산업 시설들, 또 일본인들이 사는 모습을 관찰할 수 있었다.

일본은 고대 우리나라의 문화유산이 고스란히 남아있었다. 특히 나라와 오사카와 교토는 백제를 고스란히 느낄 수 있었다. 일본의 집들은 대부분 목조 주택이 많았다. 하지만 대도시로 나가자 대형 건물들이 보였다.

여러 회사에 갈 때마다 회사 소개도 영상으로 보여주었는데 그 당시 우리나라에서는 보기 드문 광경이었다.

일주일 동안 일본 남단에서 시작해서 동경까지 가는데 그 어디에서 쓰레기나 휴지조각 한 점이 보이지 않았다. 시골에도 길들이 다 포장이 되어 있었고 논길조차도 포장이 되어 있어서 얼마나 부러운지 몰랐다. 현재는 우리나라도 도로사정이 아주 좋아졌지만 그 시절엔 참으로 부러운 장면들이었다.

도로변에 있는 상점들도 길가에 물건을 내놓고 파는 집이 없었다. 또 거리를 배회하는 사람도 눈에 뜨이지 않았다. 또 학생들이 질서정연하게 움직이는 모습도 몹시 부러웠는데 단체로 행동하는 학생들은 깃발을 든 선두를 따라 한 사람도 흐트러짐이 없었다. 가끔 도로 보수 작업을 하는 인부들을 볼 수 있었는데 연장도 질서정연하게 정돈해 놓고 작업하는 것을 보니 감탄사가 절로 나왔다. 그 후부터 나도 일을 할 때 연장을 정돈하는 습관이 생겼다.

그 당시 국내에는 승용차가 많지 않았고 색상도 대부분 검정이었는데 일본에는 택시는 검정, 일반차는 흰색이 많았다. 거리에는 차량들이 많아도 가는 곳마다 정체되는 일이 없이 술술 빠져나가는 것이 참 안정된 사회라는 느낌이 들었다.

물건 값은 무척 비쌌다. 식당에서 김치 한 접시(몇 조각)가 천 엔, 우리나라 돈으로 만원이었고 가는 곳마다 인사를 잘하고 길을 물으면 하던 일을 멈추고 목적지까지 안내하는 친절이 몸에 배어 있었다.

동경 지하역 주변에는 노숙자가 무척 많았다. 동경프라자 호텔에서 자고 식전에 일찍 동경시내 출근하는 모습을 보니 한결같이 책가방을 들고 전철로 출근해서 빌딩으로 걸어 들어가는 사람들이 줄을 이었다.

평생 배움에 주림을 안고 살아온 나는 많은 경비를 들여 일본 해상대학을 보내주신 회사에 너무나 감사한 마음이 들었다. ㈜성담 회장님과 임직원 여러분께 얼마나 고마운지 몰랐다. 연수를 마치고 돌아와서 경과보고를 하면서 일본의 발전상과 아울러 우리나라도 일본을 능가하도록 우리 다 같이 노력하자고 말했다. 현재는 많은 부분에서 우리나라가 일본을 제치고 세계를 주름잡고 있으니 얼마나 대견한 일인가.

동경 쪽으로 올라가면서 점점 대형 건물들이 보였다. 비가 자주 내리는 일본은 가는 곳마다 수목이 싱싱하게 자라고 있고, 어디를 가나 청결해서 비닐조각 하나 보이지 않았다. 시골 농토 역시 농로까지 모두 포장이 되어 있어서 체류기간 동안 모든 자동차들이 흙이 묻었거나 녹슨 흔적을 볼 수 없었다.

물건 값이 매우 비싸다는 생각이 들었다. 우리나라처럼 반찬을 더 달라면 더 주는 인심은 일본에서는 불가능했다. 음식을 아주 조금씩 담아다 먹기 때문에 남기는 일은 없었다. 이런 부분은 우리도 바꾸면 좋을 것 같았다. 길을 물을 때도 자기가 하던 일 멈추고 거리가 멀던 가깝던 함께 가주는 안내가 참으로 인상적이었다. 몸에 배인 친절과 검소한 생활의 단면들은 우리가 배워야 할 점이었다. 가는 곳마다 자전거를 세워 놓았는데 자동차가 많아도 가까운 거리는 대부분 자전거로 이동했다. 직장은 한번 입사하면 그 회사에서 끝까지 근무하기 때문에 애사심이 강하다는 말도 들었다. 호텔에 머물 때 일찍 일어나 창밖을 보면 출근하는 회사원들이 손가방을 들고 바삐 걷는 모습이 보였는데 전철로 회사 가까운 역에 도착해서 회사까지 걸어서 출근하는 사람들이 대부분이었다. 특히 가방이 거의 똑같은 모양이 신기해서 물었더니 도시락과 반드시 책이 들어 있다고 했다. 그 말에서 검소한 생활 습관과 독서력이 일본의 발전을 이끄는구나 싶었다. 환율도 우리보다 열 배나 높고 우리보다 생활수준이 한참 높았지만, 국민 모두가 검소하게 살면서 끊임없이 배우는 자세로 자기 몫을 해내고 있다는 생각이 들었다. 그러나 동경 전철 지하역에는 많은 노숙자가 있었다.

연수를 하는 동안 노와 사가 항상 원만한 협의를 이뤄내 사원의 복리를 증진시켜 기업의 발전과 성장의 기틀을 위해 다 같이 노력하려면 정직한 사고력과 책임 의식을 통한 직업관 재정립이 필수적이라는 걸 다졌다.

당시 제25차 일본해상대학 견학을 마친 후 소감을 정리해 보았다.

첫째는 일본이 패망한 후 발전할 수 있었던 것은 400년 역사를 가진 지방자치제의 정착이 원동력이라 느꼈다. 둘째는 산업체와 학교와 관청 간의 긴밀한 협조가 정립되어 있었고 셋째는 국민의 의식 수준이 현저하게 향상되었다는 점이었다. 넷째는 근로자의 직업관이 투철했고 다섯째는 기업주와 근로자 즉 노사(勞使)간의 일체감 조성이 원동력이었고, 여섯째는 도로와 항만 등 사회 간접 자원이 풍부하다는 점이었다.

사원들의 사고방식에도 많은 부분 참고해서 배울 점이 많았다. 첫째는 정직이었는데 관광 회사 여직원이 5년째 근무 중이었는데 회사 전화를 사적으로 이용한 게 두 번이라고 고백했다. 일행 중 한 명이 도로변에 있는 자전거 진열대 위에 카메라를 놓고 왔는데 일본인이 주워 와서 주인을 찾아주는 예를 보면서 정직이란 바로 저런 태도라는 걸 실감했다.

한번은 800만 엔(한화 8,000만 원)의 현금 뭉치를 공중전화 박스에 그냥 놓고 와 잃어버린 돈을 주운 사람이 파출소에 신고 후 돌려받은 사례(일본은 제도적으로 주어온 현금 액에 일정 비율 정해 놓고 신고자에게 보상하는 제도)가 있어 꼭 지켜나가는 일이었음을 알았다.

회장님의 신뢰

어느 날, 여비서가 회장님이 나를 찾는다고 했다. 회장실에 들어가니 회장님의 안색이 어두웠다. 회장님이 말씀하셨다.

"남동염전이 수용되어 사업장이 줄었다. 오늘부터 두 달 기한을 줄 테니 소래 537정보와 군자 603정보 염전을 네 염전이라 생각하고 어떻게 개선해서 운영하면 좋을지 서류를 준비해 와라."

회장님의 말씀엔 의지가 결연했다. 그날부터 직원들이 다 퇴근한 후 밤늦게까지 본사 11층 사무실에 홀로 앉아 운영방법을 고심했다. 그 당시 본사가 명동 건너 코리아 헤럴드 B/

D 11층에 있을 때였다. 밤늦게까지 불이 켜져 있어서 경비가 몇 번이나 와서 내가 일하는 모습을 지켜보곤 했다. 나는 인천행 막차 시간에 맞춰 전철을 타고 퇴근했다가 다음 날 남동염전 사택에서 꼭두새벽에 집을 나섰다. 회장님이 나를 믿고 말씀하신 서류를 준비하느라 잠을 제대로 잘 수도 없었다. 한 달 후 회장님께 중간보고를 드렸다.

회장님이 내 서류를 훑어보다가 중간에 일어나 책상으로 가셨다. 나는 무척 긴장되었다. 회장님이 책상에서 서류뭉치 세 개를 꺼내 내 앞에 놓으며 말했다.

"네가 낸 기안대로 할 것이다. 이 서류를 보면 참고가 될 테니 잘 보고 마무리해서 가져오너라."

내가 작성한 계획서의 요지는 3년 동안 90억을 투자하고, 그 후부터 5년 이내에 연간 매출이 150억이 넘게 생산할 수 있는 기안이었다.

당시 우리 회사가 1년 동안 생산하는 천일염은 정보당 1,000가마(가마당 50kg)였다. 그러나 국내 천일염 주산지인 목포 주변에서 천일염을 생산하는 염전들은 해수 농도도 우리보다 좋은 조건이었다. 그러나 처음부터 그런 것만은 아니었다. 일본사람들이 개발한 염전을 수십 년 동안 이어 오면서 조업방법을 연구한 끝에 획기적으로 발전시킨 덕분에 품질이 좋은 희고 굵은 소금을 대량으로 생산하고 있었다.

회사에서는 생산부 간부들을 목포 인근에 있는 지도염전에 견학을 시켰으나 그냥 둘러보는 수준에 그쳤다. 나는 그 무렵 판매부 소속이었는데 목포 인근에 출장을 갈 때마다 출장업무를 마치고 이튿날 새벽에 일어나 버스로 40킬로를 달려가질 좋은 소금을 생산하는 지도 박백석씨 염전을 일곱 차례나 방문하여 조업방법 개선 방안을 연구했다. 누가 시켜서 한 게 아니라 회사에 대해 보답을 해야 한다는 신념으로 움직였다. 우리 회사도 조업방법을 개선하면 1년에 3,200가마를 생산하는 지도염전처럼 우리도 할 수 있다는 확신이 생겼다.

당시 대부분의 간부들은 우리 회사가 염전업계에서 가장 큰 대한염업주식회사라는 자긍심과 그치럼 큰 회사의 간부라는 자리에만 연연해 새로운 조업방법을 연구하기보다 튼튼한 회사의 직원이라는 안일함에 빠져 있었다고 생각한다.

나는 당시에 처한 염전의 조건이 해수 농도가 낮고 민물 침범이 많은 악조건이라는 사실을 늘 인식하면서 생산량을 늘리려면 시설을 개선하고 조업방법을 바꾸어 정보당 현재 1,000가마 생산을 늘리고 품질 향상을 이룰 수 있다는 자신감을 갖고 있었다.

회장님께 개선계획서를 내면서 소래염전에서는 지도염전의 53%인 1,700가마로 군자염전은 지리적 요건이 훨씬 좋기 때문에 63%인 2,000가마를 생산할 수 있다고 서류를 작성하여 보고했다.

회장님은 내 서류를 보고 네 안대로 시행하겠으니 임원회의를 소집하면 꼭 참석하라고 말했다.

임원회의는 회장님을 비롯해서 관계분들과 나는 판매차장 자격으로 참석했다.

내 기안대로 회의가 진행되었고 나는 내가 낸 서류를 바탕으로 차분하게 설명했다. 내 발표가 끝나자 회장님이 단호하게 말했다.

"김 차장 기안대로 시행하겠으니 그리 아시오."

회장님은 회의가 끝나고 며칠 후 나를 따로 불러 말씀하셨다.

"너는 이제부터 지사로 가지 말고 본사에 있으면서 너와 함께 할 직원 몇 명을 나한테 추천해라. 그러면 그들도 네 앞으로 발령을 내 줄 것이다."

나는 회장님 결단에 너무 감격해서 한동안 입이 열리지 않았다. 고등학교도 졸업하지 못한 내가 쟁쟁한 사람들 틈에서 오로지 성실 하나로 회사를 위한다는 마음에 신경을 쓰고 나름대로 노력한 결과가 회장님의 마음까지 살 수 있었다고 생각하니 스스로도 감격스러웠다. 더구나 회사에 이익을 가져올 수 있는 기획을 내가 했다는 사실이 얼마나 뿌듯한지 몰랐다. 그 후 내가 만든 염전시설개선계획서를 30부 인쇄해서 회사에 보관 중이고 나 자신도 1부를 보관 중이다.

그 후 회장님께서는 노환으로 병상 생활을 조금 하시다가 세상을 떠나셨다. 그 후 전두환 대통령이 취임 후 천일염전을 없앤다는 폐전정책을 발표했다. 나는 너무나 당혹스러워서 회사에서 전무님이 내가 만든 염전시설개선계획서를 들고 상공부에 찾아가 폐전정책을 철회하도록 간청했으나 헛수고가 되고 말았다. 결국 소래염전 537정보만 남게 되었고 당시 나는 판매부장직을 맡고 있었는데 생산부서가 소멸되고 나니 생산부장 자리까지 나한테 겸직을 시켰다.

나는 본사로 간 뒤 계속 대한염업조합 이사회의 또 대의원대회 등 회사 대표로 이사직을 맡아 대행을 했다. 나는 끊임없이 노력하여 전국 천일염에 대한 모든 자료를 누구보다 먼저 입수해서 업계가 어떻게 돌아가는지 실정을 파악하기 위해 노력했다. 철따라 소비지와 생산지로 출장을 가서 살펴보고 전국적으로 내로라하는 염전 생산 동향을 파악하기 위해 노력했다. 그래서 항상 회장님이 살아계실 때도 염업계의 정황을 궁금해 하시면 막힘없이 보고를 드렸다.

판매사업 중 가장 어려운 국방부와 조달본부에 천일염 경쟁 입찰 때도 낙찰을 받아 와 일 년에 육, 해, 공군과 해병대 보급까지 매년 많은 양을 납품했다. 판매부 부장이하 직원들을 전국 각 지역 군보급소에 출장을 보내 사무실을 벗어나 각 지역을 돌아보는 기회도 만들어줬다.

국내 최대의 대한염업주식회사가 사업을 종료할 때까지 나는 40여 년을 소금과 함께 했다. 퇴직을 한 후 5개월이 지났을 때 회사 정경한 이사께서 나를 다시 불렀다. 마포에 있는 대경주유소 소장으로 근무 중 대표로 근무하도록 해 주셨다.

회장님은 나를 아끼고 내 열정을 인정해 주었다. 그러한 사실들을 여러 루트를 통해 확인할 기회가 있었는데 어느 날 정년 전에 회사를 떠난 모 기획실장을 만났을 때였다.

"회장님은 자네를 참 아끼고 인정해 주셨네. 회장님만 그런 게 아니야. 많은 사람들이 김 차장의 열성을 높이 샀지. 언젠가 모 차장을 판매부장 자리에 앉히려 했지. 그때 내가 인사 담당 부사장께 김 차장을 지사로 보낼 것을 부탁했는데 한마디로 거절했어. 김경태를 판매부에서 빼내면 그 일을 누가 합니까 라고 반문하더군. 언젠가 회장님한테도 자네를 추천한 일이 있었네. 그때 내가 말했지. 김경태는 천일염 생산에 대해 잘 아니까 지사로 보내 장차 지사장으로 키웠으면 합니다. 그랬더니 회장님이 그러더군. 경태를 지금 왜 보내나? 나중에 바로 지사장으로 보낼 거야. 그러시더군."

"그러셨군요. 고맙습니다."

나는 정중하게 인사를 드렸다. 기획실장은 쓴웃음을 지으며 당시 회사를 회상했다. 당시 회사 내에서는 능력보다는 서로 친분을 앞세워 자리를 만들어 끼워 넣곤 했는데 얼마 지나지 않아 서로 싸우고 나중에는 정년도 못 채우고 회사를 떠나는 일들이 있었다.

내가 판매부장으로 있을 때였다. 모 직원이 천일염 거래처도 아닌데 가격이 오를 것이라 전망하고 나에게 소금을 팔라고 해서 나는 한마디로 거절했다. 평상시 판매가 부진할 때도 꾸준히 거래해 준 거래처에 줘도 모자랄 판에 사리사욕을 채우려는 것을 알고 나는 몹시 불쾌했다. 회사에서 봉급을 타면서 자식들과 잘 지내는 처지에 업무에 충실해야 할 직원이 사욕을 부려 부정한 방법으로 청탁을 하다니 나는 도저히 용납할 수 없었다. 그런데 그가 후에 나를 나쁜 사람이라고 비하하면서 소금도 제대로 팔지 못한다고 소문을 내고 다녔다. 그 소문을 들은 부회장님이 나를 불러 소금을 어떻게 팔고 있는지 설명을 하라 했다. 나는 통계표 용지에 적힌 대로 비수기 때를 비롯해서 년 중, 월 별, 수량 별, 단가 별, 실적표를 보이며 설명했다. 이어 "비수요기에도 거래해 준 실적에 따라 공정하게 배분했고, 전임 부장께서 부사장을 통해 소금 만 가마를 부탁해서 시세가 오르니 가마당 백 원씩을 더 부담하라 해서 드렸습니다." 했더니 "그래요. 그래서 돌아가신 회장님도.

또 지금 회장님도, 김 이사의 말이라면 모두 믿고 계시지 않습니까? 열심히 하세요"라고 말했다.

그때 내가 만약 많은 적자를 감수하면서도 임직원들을 먹여 살리는데 그 소중한 회사 제품을 즉흥적으로 판매를 하고 있었다면 부회장님께서 어떻게 하셨을지 지금도 생각하면 아찔하다.

지도염전에서 터득한
천일염 품질개선

목포에 출장을 갔을 때였다. 당시 가장 염전관리를 잘하고 있는 염전이 지도염전이었는데 나는 출장을 갈 때마다 내 스스로 지도염전에서 생산되는 소금과 우리 회사에서 생산되는 소금을 비교해보곤 했다. 그러던 어느 날 자세히 보니 지도염전에서 생산된 소금은 우리 회사에서 생산된 소금보다 입자가 크고 색깔도 희었다.

나는 호기심을 가지고 목포에 출장을 갈 때마다 출장 업무를 끝낸 후면 나 혼자서 지도염전을 찾아갔다. 갈 때마다 소금의 품질 향상을 위해 어떤 방법이 있을까 고민하면서 살폈다. 처음엔 몰랐던 부분들이 눈에 들어왔다.

천일염 생산방법은 앞에서 기술한 대로 바닷물을 저장한 저수지에서 용수로를 통해 염전 제1증발지를 거쳐, 제2증발지에 순전히 햇볕에 의존하는 생산방법이었다.

특히 우리나라에서 생산한 천일염은 미네랄이 많이 함유되어 일본에서도 남동, 소래, 군자에서 수인선 협궤 열차를 통해 일본으로 실어갔다. 그런데 지도염전에서는 어떻게 굵고 흰 소금을 생산하는 것일까? 나의 호기심으로 지도염전에 갈 때마다 새로운 기법을 발견하였다.

즉 우리와 다른 방법은 함수의 농축을 원활히 하기 위해 여러 가지 방법을 쓰고 있었다. 천일염 생산 과정에서 함수의 온도와 농도의 차이에 따라 소금의 입자와 색상이 달라진다.

염도가 너무 높아 즉 29도나 30도 이상이면 김치를 담글 때 쉽게 물러지고 쓴맛이 나는데 박백석씨가 운영하는 지도염전에서는 양질의 천일염을 생산해 내고 있는 것을 알았을 때, 어떻게 해서든지 개선 방법을 배워야겠다는 일념뿐이었다. 그 결과 나도 하면 되겠다는 자신감이 생겼다. 누구의 지시나 도움도 없이 내 부서가 생산부서도 아닌 판매부서인데도, 출장을 갈 때마다 목포 부두에서 자고 새벽에 일어나 40키로나 떨어진 지도염전까지 버스를 타고 가서 개선 방법이 무엇인지를 파악했다. 그렇게 지도 염전을 일곱 번이나 찾아간 결과 드디어 그 방법을 알아낼 수 있었다.

소래염전 지사장을 맡고 천일염조업방법을 개선하려고 했을 때 실무 생산과장 5개 감독 중에서 선임 한 사람과 나 세 사람이 회사에 건의하여 목포로 다시 견학을 갔다.

부산에 있는 회사의 거래처에서도 우리 일행을 반겨주며 천일염의 품질 향상과 생산성을 높이도록 아낌없이 격려해 주었다.

소금의 품질을 개선하기 위해서는 첫째, 함수량이 늘어나도록 보급하여 함수량을 늘리고 결정지 판을 저농도로 세척해서 염도가 22도에서 25도를 유지하도록 해야 양질의 함수를 확보할 수 있다. 굳이 고민하지 않아도 희고 입자가 굵은 양질의 소금을 생산해내니 내 스스로도 얼마나 뿌듯한지 몰랐다.

소금에 불순물 즉, 고농축된 함수를 억제하고 채염 후 제2증발지로 이동 시키면서, 결정지판에 저농도 함수를 넣는 방법을 이용했다. 천일염 결정에 필요한 보급함수의 양을 늘리고 동시에 결정지판을 청결하게 하니 천일염 결정체가 굵어지고 희어졌다. 자연적으로 생산량도 늘어났고 소금 입자가 작아지는 폐단도 없어졌다. 종전의 방식보다 염전부들이 고생스럽긴 했지만, 양질의 천일염이 생산되어 출하도 빨리 이루어졌다.

그 후 염전부들에게도 기본 급여 외, 연말 생산수당으로 가마당 일정액을 정해 놓고 지급했다. 나는 그 후에도 품질을 개선하려는 노력을 계속 기울였고, 그렇게 하는 일이 나 자신과 회사를 위하는 일이라고 생각했다.

㈜성담 마포대경주유소 대표

㈜성담의 안면도 화성사 염전 20년, 대한염업주식회사 20년, 각 염전 사업 종료 마무리까지 대과 없이 끝내고 또 다시 본사로 발령을 내겠다고 했지만 나는 절대 안 된다고 정중히 사양했다. 지사 직원과 현장 모든 분이 다 퇴직했는데 나 혼자만 또 다시 근무한다는 것은 내 자신이 허락할 수 없었다. 그간 입은 은혜만도 한없이 감사했다. 안면도염전-남동염전감독실-군자공장-군자지사-대한염업주식회사 본사를 거치며 40년 동안 끝에는 만수동 단독주택에서 회사까지 출근하는 일이 전부였다.

60살이 다 되도록 친구도 사귀지 못하며 생활해 온 나로서는 몇 달 동안 집에서(1월~5월까지) 지내니 참으로 얼마나 답답한지 몰랐다.

그러던 어느 날 ㈜성담 정경한 이사께서 전화를 주셔서 찾아뵈었는데 "마포주유소를 맡아 관리해 주시오."라고 했다. 나는 같이 떠난 직원들이 있는데 그들을 놔두고 나 혼자 복직은 할 수 없다고 말했다. 또한 현장소장의 일자리를 내가 빼앗는 일이라 생각한다고 말했다. 그랬더니 "직원들은 충분히 대우를 해드렸고 현 소장은 나이가 젊어 본사로 발령 내서 키울 계획이니 김 이사가 주유소 관리를 맡아주시오."라는 말에 수락을 했다.

주유소에 부임하니 회사와 LG 칼텍스에서 지원을 해서 주유소를 대폭 리모델링을 해 줬다. 마포대경주유소는 여의도에서 마포대교를 건너와 대로 오른 쪽에 위치한 첫 번째 주유소로 한창 번창하는 중이었다. 주유원들도 쉴 새 없이 바삐 움직이고 모든 시설이 그야말로 다 갖춰져 있어서 마음이 흐뭇했다.

주유소 뒤쪽을 돌아보니 주유를 하고 쌓아 놓은 장갑이 마대에 가득했다. 한번 쓴 장갑은 다시 쓸 수 있는데 버려져 있어서 그 장갑들을 모두 내 손으로 깨끗이 빨아 재사용하도록 교육도 시켰다. 그 다음으로 직원 6~7명 주유원들 식사를 살펴보니 중국집이나 일반 식당에서 배달음식을 시켜 먹는데 식사 중에 주유를 하게 되면 음식이 다 식어버려서 좋은 방법이 없을까 머리를 짰다. 고민 끝에 창고를 뒤져보니 취사도구가 있었다. 나는 과장과 상의를 해서 식재료를 사다가 주유소에서 밥을 해 주기로 했다. 밥과 반찬을 준비해서 식기 전에 주유원들에게 먹도록 하니 좋아하는 표정이 역력했다. 며칠 후에는 야간 담당 영감께서 "제가 밥을 좀 해볼까요?"해서 해보라 했더니 밥과 반찬을 구색을 갖춰 어찌나 잘하는지 알고 보니 중동 근무를 한 분으로 주방장 경력자였다. 시간에 맞추어 밥을 해 주니 한참 커가는 젊은 주유원들이 교육도 잘 받고 인사도 잘하는 모습이 참으로 흐뭇했다.

한번은 가끔 외손주를 만나러 왔다가 가시는 길에 주유소 들르시는 정평섭 회장님께서 오셨기에 내가 직접 지은 점심을 대접 한 일도 있었다. 밥을 짓느라 들인 시간과 본 업무시간외 출근하는 대가로 규정에는 없지만 급여 외 교통비 정도로 약간의 수당도 지급했고 또 연말 정산을 해보니 종전의 매식비용의 절반 정도가 들어서 연말에는 인근 도살장에서 고기를 사다가 직원과 주유원들에게 회식도 시켜주었다. 그런 일들이 직원들의 사기를 돋아 주었다. 지금도 시간 맞추어 밥을 정성껏 해 주신 그분께 고마움을 전하고 싶다.

1997년도 유류파동으로 국내 유례없이 대폭으로 유가인상을 발표했다. 발표가 나자 인상 하루 전날에 주변의 모든 주유소가 인상 후에 팔 요량으로 주유를 정지했다. 그러나 나는 직원들에게 밤늦게까지 주유를 하라 일렀고 12시가 넘도록 문을 열어서 대경주유소에 처음으로 하루 휘발유 143D/M 판매기록을 달성하는 쾌거를 이루었다.

모든 주유소들이 인상 후에 팔려고 문을 닫으니, 주변을 지나는 차들이 밤늦게까지 마포 대경주유소 앞 대로변에 줄을 이었다. 내 생각은 그 다음 문제인 인상 시간 시점에서 끝까지 다른 주유소와 달리 주유를 하는 대경주유소의 이미지 부각을 염두에 두었다. 유조차 운전기사라도 나는 함부로 대하지 않고 항상 정중하게 대하고 격의 없이 지내려 노력했다. 그날은 특별히 부탁해서 나는 계속 주유 할 테니 기름을 실어오라고 당부하고 12시 마감 직전에 한 차를 더 받아오도록 해서, 다 팔고 끝에 한 차는 지하 탱크 목까지 꽉 채워 놓으니 참으로 그렇게 기쁠 수가 없었다.

그렇게 유가파동의 파도를 슬기롭게 넘기느라 자정을 훨씬 넘겨서까지 회사를 위해 총동원되어 고생해서 큰 성과를 이루어 낸 주유소 모든 직원들에게 감사를 했다.

주유소는 항상 마음을 놓을 수 없는 위험물 취급소여서 퇴근해서 집에 가서도 항상 조마조마했다. 그 무렵 길 건너에서 대형 화재가 일어난 후로는 집에 가도 편히 잠을 이룰 수 없었다. 특별한 일이 아니면 주유소에서 야전 침대를 놓고 주야로 가동을 위해 주유원들의 야간 근무를 돕기도 했다.

어느 날 아침, 일찍 교대할 주유원이 채 일어나기 전인데 승용차 한대가 와서 내가 주유를 했다. 주유를 하고 있는데 차에 탄 아가씨가 운전석 창문을 열고 담배를 피우고 있었다. 나는 얼른 다가가 "아가씨, 담뱃불 끄셔야 합니다." 했더니 불이 붙은 담배를 창밖으로 휙 던지는데 얼마나 놀랐던지 가슴이 철렁 내려앉았다. 계산을 할 때보니 술에 취한 모습이었는데 지갑에 현금과 수표가 가득했던 기억이 남는다.

어느 날, LG 칼텍스 본사에서 수상 통보가 왔다. 나는 군자 공장에서도 전혀 모르는 업무를 맡아 했는데 상경 후 정식보직 1년도 채 되기 전에 표창장을 받았다. 그런데 또 처음 접한 주유소관리에 수상 통보가 오니 가슴이 설레고 나를 믿고 맡겨준 정경한 이사와 조 과장과 직원 주유원 모두에게 너무나 고마웠다.

LG 칼테스 여의도 본사인 쌍둥이 건물에서 2,300여 개 산하 전국 주유소 중에서 40여개 주유소가 선정돼 상패와 상품을 받았다.

회사에서는 편제에 없는 주유소에 승용차도 배치해 주셔서 집에 갈 때마다 인천까지 이용했으니 나는 참으로 은혜를 많이 입어 항상 감사하며 살았다.

그러나 시대 변화에 따라 주유소에도 어려운 일이 도래

마포대경 주유소

1998년 LG칼텍스 제6회 스타주유소 시상식

했다. 본사 전무님께서 하루는 주유소에 오셔서 말씀하기를
IMF로 안산 이마트 공사도 중단했고, 또 유통관계 양성 직원

을 모두 해임했으며 앞으로 주유소 역시 영업 부진이 예상되니 주유소 직원 둘만 줄이자고 말씀하셨다. 나는 잠시 생각하다가 "회사에서 저를 40년 동안 키워주셨고, 또 2년째 주유소에서 근무하고 있습니다. 주유소 직원 대부분 불쌍한 처지입니다. 그러니 그 직원들 다 살리고 저는 연말까지만 근무하고 안면도에 작은 농토를 장만해 놓은 것이 있으니 고향에 내려가서 농사를 지어 보겠습니다."라고 말했다. 나는 주유소를 떠나면서 한 가지 당부를 했다.

"제 아래 조 과장은 경험도 풍부하고 성실해서 주유소 소장으로 근무토록 해 주시기 바랍니다."

회사에서는 내 건의를 기꺼이 받아 주었다. 그 또한 얼마나 고마운지 몰랐다.

1998년 말, 주유소를 떠나 일 년 후, 주유소에 다니러 들렀을 때였다. 내가 오는 줄 알고 주유소 직원 어머니 한 분이 비번인 아들과 함께 선물 꾸러미를 갖고 와서 나를 기다리고 있었다. 그 분은 직원을 줄인다는 소문을 듣고 자기 아들이 틀림없이 주유소를 떠날 줄 알

㈜성담 42년 근속 감사패

앉는데 자기 아들을 살려 주시고 사장님이 시골로 농사지으려 가셨다고 고맙다고 말했다. 직원은 내 앞에 무릎을 꿇고 앉아서 내 다리를 끌어안고 "사장님이 우리 대신 떠나 시골에 가서 고생하신다."며 울어서 그만 나도 같이 울었다.

그 당시 내 형편도 그렇게 좋은 편이 아니었다. 유학중인 큰애네 네 식구의 독일 생활비와 또 아래 애들의 대학 학비에 허덕일 때였다. 그러나 아버님이 남긴 말씀 '지나친 욕심은 금물이다.' 그 교훈이 머리에서 떠나지 않았다

회사에서는 직원들에게 통상 표창장 수여를 했는데 오히려 내가 회사에 해야 될 감사패를 주셔서 지금도 오래도록 잘 보관하며 자녀들한테 평생을 감사의 마음 잊지 말라고 말하고 있다.

직장생활을 모두 끝내고 고향 안면도로 귀향할 때 회사에서 이사 대우 등 한없이 베풀어 주신 호의에도 불구하고 내 뒤에는 항상 가난이 함께 하고 있다는 생각이 들었다.

퇴직금 등으로 인천 시내에 아파트 한 채 장만하여 전세를 놓은 상태였지만 애들 교육비 문제 등으로 당시 마이너스 통장에 1,970만 원의 적자 통장뿐이었다. 그렇게 벼농사의 꿈을 안고 안면도로 귀향을 했다.

나는 어렸을 때 그렇게도 부럽던 외할아버지처럼 내 손으로 벼농사를 지어 보려고 결심을 했다. 내 고향 정당3리에서

는 셋째 동생이 살고 있어서 나는 정당2리 북쪽의 땅 간척지 5,132평을 땅값이 쌀 때 마련해 두었었다. 그 땅은 독개와 비슷한 간척지로 화성사 염전 근처였다. 충남 태안군 안면읍 정당리 175-65—69 일대를 평당 3,600원에 매입할 때 마음속으로 나중에 회사를 그만두면 이곳에서 벼농사를 지으리라 다짐했었다.

인천에 있는 집은 어머니가 사시도록 하고 아내와 둘이 내 땅의 논머리에 덤프트럭으로 흙 두 차를 받아 그 위에 컨테이너 박스를 가져다 놓고 농사일을 시작했다. 얼마나 갖고 싶었던 내 땅인가. 어려워도 어려운 줄 모르고 재미와 보람을 느끼던 때였다.

베트남 생활

　　어느 날, 서울에서 나를 잘 아는 모 회사 회장이 나를 불렀다. 그분은 천일염 국영 전매 제도 때부터 대한염업주식회사 소금을 구매하여 도매상으로 성공했고, 염전도 많이 보유한 재력이 풍부한 사람이었다.

　　서울로 올라갔더니 그 회장이 나에게 베트남에 가자고 말했다.

　　나는 전혀 예상치 못한 제안에 어리둥절했다. 내가 대한염업주식회사에서 판매부장을 할 때 그 회장이 나와 거래하면서 나를 좋게 봤다는 것은 알았지만 나에게 그런 제안을 해서 나는 당황스러웠다. 하지만 나를 잘 아는 그 회장의 간곡한 부탁으로 나는 베트남에 가기로 결정했다.

회사의 규모는 상시 근로자 2,100명 규모로 유럽 등지에 선물 포장 재료와 앨범을 제작하여 수출하는 회사의 이사로 부임하여 3개월 만에 대표 이사가 되었다.

베트남은 상하의 나라로 하루에도 몇 번씩 소나기가 쏟아지다가 언제 그랬냐는 듯 햇볕이 쨍쨍했다. 땅은 흡수력이 좋아 농사를 짓기에 알맞은 토질과 기후였다.

풍성한 과일 농사와 벼농사는 우리나라에 비해 영농방법은 훨씬 뒤떨어졌지만 한쪽에서는 벼를 베고 한쪽에서는 모내기를 하는 2모작 3모작이 가능해서 연중 아무 때나 수확을 했다.

베트남 사람들은 한국의 발전 모습을 롤모델로 삼아 한국을 따라오려 무척 애쓰고 있었다. 내가 몸담고 있는 회사 내 베트남 직원들도 야간 시간을 이용해 한국어를 공부하는 학생들이 많았다. 한국인을 대하는 감정도 무척 친절하고 좋아하는 모습이 역력했다. 근면한 정신과 손기술이 좋아 제품을 만들어내는 솜씨들이 야무졌다.

베트남의 한 가정집에 갔을 때 식구들마다 각자 서로 물건을 보관하는 보관함의 열쇠가 채워져 있는 것이 이채로웠다. 공안원들의 생활수준은 비교적 서민들보다 풍요롭게 모두 갖추고 있었고 항상 과일도 풍부했고 또 자외선이 강해서 시장 노천에 돼지고기 등 육류를 팔고 있는 것도 신기했다.

직원들의 자녀 돌이나 생일 때 초청을 받았는데 상하의 나라라서 난방시설 없이 더위와 햇빛만 가리고 살고 있었다. 손님을 초대해도 특별한 가정 외는 방바닥에 음식을 차려 놓고 먹었다. 경찰서장 댁에 초청을 받은 적이 있는데 그 집은 특별하게 식탁을 사용하고 있었다. 경찰서장의 아들이 네덜란드로 유학을 가려고 준비하는 중이라며 자랑처럼 여행 가방을 보여주었다. 경찰서장 내외와 아들과 나까지 넷이서 식사를 하는데, 내 옆에 앉은 경찰서장 부인이 피가 흥건한 시뻘건 소간을 먹는 모습에 비위가 상해 표를 내지 않으려고 무척 힘들었다.

한번은 그라비아 공장 선 반장 댁에 초청을 받아 갔는데 딸들이 많아 딸 사위 장모 등 많은 식구들이 방바닥에 같이 앉아 음식을 먹었는데 내 옆에 앉은 딸이 갓 부화한 병아리를 삶은 요리를 내게 먹으라고 권해서 난처했었다.

오랫동안 전쟁으로 남자들이 희생되어 여자는 많고 남자는 적어 각 가정에서 아들을 낳으면 반드시 100일 잔치를 한다고 했다. 결혼해서 아이를 낳고 살다가도 남편이 부인이 싫어서 다른 여자와 재혼을 해도 여자는 그대로 혼자 애를 키우며 사는 모습이 짠했다.

휴일에는 선 반장댁 식구들과 미니버스를 대절해서 주변 관광지를 돌아보기도 했다. 공원에 호치민 동상이 세워져 있어서 온 국민들이 호치민을 숭배하는 걸 느낄 수 있었다. 선 반장 여자는 각 공장 중에 핵심이었는데 고가의 원자재로 선물포장지 가공공장에서 반장 역할을 잘 해냈다. 나는 그 공장이 제일 주요 공장이라 그 집에 자주 갔는데 남편은 지게차 운전사로 근무했다. 참으로 예쁜 딸 하나를 두었는데 글씨를 유난히 잘 쓰는 초등학교 4학년이었다. 친정집에 홀로된 어머니와 같이 살고 있었는데 아버지는 의사였으나 일찍 세상을 떠났다고 했다. 선 반장이 항상 회사 업무 처리에 능숙하고 공원들과 합심해서 열심히 일하는 모습이 정말 고마웠다.

각 가정에도 호치민과 조상들을 기리는 제단을 갖춰 놓고 날마다 예를 갖추는 것이 일상이었다.

회장과 함께 땅굴도 견학했는데 총 길이가 184km나 된다고 했다. 환산해보니 내 고향 안면도에서 인천까지의 거리였다. 베트남 전쟁을 승리로 이끈 땅굴이라는 생각이 들었는데 체구가 작은 베트남 사람들은 땅굴을 이용해 게릴라전을 폈고 체구가 큰 미국인은 땅굴에 들어갈 수가 없었다고 한다. 관람을 하는 동안 미국인 관광객도 마주쳤는데 땅굴은 뚜껑을 덮으면 감쪽같아 땅굴 입구인 줄 전혀 몰랐다. 미군을 겨냥한 부비트랩도 많이 보았는데 쇠창살을 여러 개 꽂아 덮어 놓은 것을 밟으면 그대로 아래로 떨어져 미군이 쇠창살에 희생되도록 한 것이었다. 낮에는 점령군인 미군에 협조하는 척

하다 밤에는 지하에 숨어 있는 베트콩을 위해 열심히 농사지어 식량 등 생필품을 공급했다고 한다. 굴 내부에는 식당, 병원, 회의실 등이 모두 갖춰져 있었다.

젊은 남자들은 축구를 좋아하는데 축구공이 귀해서 우리나라 1960년대처럼 돼지를 잡으면 돼지오줌보로 축구공을 대신하고 있었다. 그런 모습을 보며 다음에 한국에 나가면 축구공을 사다 주겠다 했는데 지금까지 실행하지 못했다.

회사에 경비가 20명 넘게 있는데 경비과장은 권총까지 소지하고 이중 철조망도 쳐 있는데 야간이 되면 도둑이 들어와 그라비아 고가의 원자재를 훔쳐갔다. 어느 날 원자재 절도범이 침입해서 경비과장이 쫓아갔고 나는 정문 앞에서 주변을 살펴보고 있는데 절도범이 5m가 넘는 높은 철조망을 넘어 높은 곳에서 뛰어내려 도망가는 모습에 아연실색했다. 절도범의 행동이 원숭이처럼 날렵해 보였다. 결국 그 절도범은 경비과장이 알고 있어서 잡혔는데 경찰서에 통보가 와서 갔더니 경찰서 건물이 마치 허름한 창고 같았다.

베트남에 있는 동안 안면도에 홀로 남은 아내가 늘 걱정되었다. 안면도 정터골 외딴 벌판 한 모퉁이에 아내가 혼자 살고 있었는데 유난히 무서움을 많이 타서 늘 걱정될 때였다. 그 무렵 큰 처남이 72살에 심장 마비로 멀쩡했던 사람이 밤새 유명을 달리 한 일이 있었다. 아내는 그 큰처남을 많이 의지했는데 청천벽력처럼 하루 밤새에 이승을 떠나니 아내의 무서움은 극에 달했다.

게다가 큰 처남은 운명하던 날 저녁에 아내에게 전화를 걸어 일상적인 통화까지 했다는데 그날 밤, 차디찬 시신으로 남았으니 아내는 그 후 혼자 컨테이너 생활을 유지할 수 없을 정도로 고통스러워했다.

나는 더 이상 아내를 혼자 둘 수 없어 2차에 걸쳐 귀국하겠다고 말했다. 베트남에 간지 고작 3개월 후였는데 회사에서는 조금만 참아달라고 오히려 내게 말했다. 나는 9개월이 되었을 때 더 이상은 안 되겠다고 귀국을 결정했다.

회장은 내게 안면도에 가서 농사지을 생각하지 말고 1년만 더 머물러 달라고 말했다. 모두 핸드폰이 지급되었으니 서울 본사에 있으면서 전화로만 지시하고 한 달에 한 번씩 베트남에 다녀가자 하면서 나에게 마음을 돌릴 수 없느냐고 간곡하게 물었다.

"앞으로 베트남에 와서 한 열흘 정도 묵으면서 태국 등지를 돌며 골프나 치고 노후를 즐기면 좋겠어요. 사모님도 베트남으로 모셔와서 노후에 편안하게 살면 어떨까요?"

"나는 젊을 때부터 꿈이 있었습니다. 가난만 안겨준 내 고향이지만 그 고향에서 반드시 아버님이 못다 이룬 꿈을 이루고 싶습니다. 땅은 준비해 놓았으니 더 늦기 전에 고향에 가서 벼농사를 짓는 게 꿈입니다. 집사람과 꼭 그렇게 살기로 약속을 했습니다."

회장은 내 두 번째 귀국결심을 듣고 말없이 고개만 끄덕였다. 나는 노후까지 보장되는 직장생활을 미련 없이 접고 농사일에 매진하기로 했다. 그 일이 어렵고 힘들더라도 내 어린 시절의 눈물과 피땀이 배인 내 고향에서 내 아버지의 꿈을 이룰 약속을 꼭 지키고 싶었다.

직원들과 통역관, 그라비아 공장 선 반장과 한국 식당 베트남 여자 주방장 등, 그 가족들까지 모두 내게 왜 베트남을 떠나느냐 꼭 가야만 하느냐 통사정을 했지만 나는 더 이상 미룰 수가 없었다. 기루지에 살 때 그토록 부러웠던 외할아버지 댁의 벼농사를 내 힘으로 꼭 이뤄내고 싶었다.

공항까지 배웅 나온 사람들과 같이 점심을 나눈 후, 가지고 있던 베트남 돈을 몽땅 털어 주고 서로 부둥켜안고 죽기 전 또다시 만나자는 말을 남기고 눈물바람으로 헤어졌다.

귀국행 비행기를 타고 인천공항에 내리니 베트남의 공항과 인천공항은 비할 데 없이 크고 엄청난 차이를 느끼며 우리나라의 발전상에 감동이 밀려왔다.

베트남을 떠날 때도 그렇고 부하 직원들을 내보내지 않도록 내가 자진해서 주유소를 그만 둘 때도 그렇고 나는 회사에서 나를 내보낸 것이 아니라 내 스스로 회사를 떠났다.

회사에서 계획한 내 노후문제로 안산 이마트 준공 당시 상시 800명이 넘는 사람들이 이용하는 구내식당을 나에게 운영하라는 권유도 받았지만 나를 42년간이나 키워준 은혜는 평생 갚아도 모자랄 텐데 또 회사의 은혜를 받는다는 것이 큰 부담으로 생각되어 정중히 사양했다.

내가 이러한 결정을 내리기까지 내 마음속에는 수시로 아버님의 가르침이 항상 나를 일깨워주었다.

지나친 욕심을 버려야 된다. 분수에 맞는 삶을 살아야 한다는 아버님 말씀을 받들어 내 분수에 맞게 정터골에 마련한 농토에 정성껏 농사를 지으며 살겠다는 마음을 굳힐 수 있었다.

내고향을 지키며

비록 지금 내가 사는 집은 컨테이너박스 하나에 불과하지만 컨테이너 박스 옆에는 내 막냇동생이 큰 금액 1억 원을 지원하고 내 정성과 보람으로 일군 펜션사업장 황토펜션이 자리하고 있다. 노후에 펜션을 운영하면서 과거 유년시절 기루지에서, 또 독개 황무지 벌판에서 쌀 한 톨이 생명보다 귀하게 느꼈던 그 쌀을 내가 생산해 내고 있는데 무엇이 부러우랴. 화성사에 근무할 당시 회사 논 1,400평을 주셔서 벼농사 경험을 쌓았고, 그 경험을 살려 아내와 함께 농사를 짓는 이 행복을 어디에 견주랴.

오늘까지 내가 원하는 논농사를 짓게 해 주신 김준희 어르신께 항상 감사를 드린다. 김준희 어르신은 우리 동네 모든

안면읍 정당2리 소재 솔마루 황토펜션(필자 운영)

분들께 큰 도움을 주셨고 나도 그분 덕택으로 오늘을 은혜롭게 살고 있다.

김준희 어르신은 바다를 막아 안면도의 지도를 바꿔 놓으셨다. 어르신은 슬하에 훌륭한 기업가도 두셨고 대학교수도 두셨고, 또 그 외 자제 한 분도 많은 농사를 지으면서도 이웃을 위해 헌신적으로 도와주고 계신다. 효부상을 받은 효부이고 현모양처이신 어르신의 며느리는 동네에서 모두 인정하는 모범된 분이시며 자녀들 인성 교육도 잘 해내셨다. 그처럼 몸으로 본을 보이시기에 두 돌도 안 된 외손녀가 차를 타고 지나다가 농로 옆에 빠진 트럭을 보고 내가 밀어줄까 했다는 말이 동네에 모범가정의 산교육의 효과로 퍼져 온 동네에서 감탄을 했었다.

  김준희 어르신의 자제분 한 분은 선진화된 최고의 농법으로 수확을 하면 쌀을 트럭에 직접 싣고 어려운 가정을 찾아가 돕고 있다. 이러한 분의 곁에 있는 것만도 얼마나 큰 은혜인지 모른다. 나이가 많은 우리 부부가 고추 농사를 비롯하여 뙤약볕에서 땀을 흘리고 있으면 애써 도와주시는데 그 많은 은혜를 언제 다 갚을지 막막하기만 하다.

  정터골 고향으로 돌아온지도 어느새 20년 가까이 되었다. 김준희 어르신 내외는 물론 잔다리 할머니는 우리가 소를 기를 때 우리를 위해 콩깍지 팥깍지 등을 다 모아서 콘테이너에 모아주셨다. 타향에서 직장생활을 하다 돌아온 탕자인 내게 동네 분들은 한결같이 친절히 대해 주시고 아낌없이 도와주셨다. 정터골 모든 분들이 내게 쏟아주시는 사랑으로 나의 오늘이 있으니 나는 죽는 날까지 우리 마을이 융화와 화합으로 더욱더 발전해서 자자손손 좋은 마을이 되도록 노력할 참이다. 비록 노구이지만 힘 닿는데 까지 노력해서 작은 봉사로 마을 경로 회장직을 맡은 지 4년 차에 접어들었다. 임기 4년 동안이라도 회원들과 소통하면서 경로당 운영을 투명하게 할 생각이다.

2017년 12월 18일 경로 회장 취임기념

　어려서 초등학교 중퇴하고 산에 땔감을 구하려고 나무를
하러 가는 일이 전부였지만 나보다 여섯 살 위인 외삼촌을 도
와 벼농사를 해 본 경험이 있어서 모넬 때 모쟁이도 돕고 모
심는 분들 뒷바라지도 했다. 또 논매기와 피사리도 했고 볏단
을 지게에 져 나르기도 했다. 그 후 화성사 회사에서 배분한
1,400평의 농토에 농사를 지을 때 화성사에 근무하면서 틈틈
이 노력했으나 어느 해는 비료를 너무 많이 줘서 실패하기도
했다. 그 후 농업 기술센터에서 자문을 받아 가을에 벼가 노
랗게 익어가는 황금들판을 실제로 경험했던 그 감격을 어찌
잊을 수 있을까! 그 경험이 바탕이 되어 직장을 그만두고 정
터골에 와서 별 어려움 없이 농사를 지을 수 있었다. 쌀 품질
을 높이려 일반 벼와 달리 조금 일찍 수확해서 간척지의 좋은

쌀 품질을 한층 더 높일 수 있었다.

인천, 서울, 심지어 경기도 고양, 대부도, 또 사위가 근무하는 거제도 대우중공업까지 직접 공급하여 현지 가격대비 2~3만 원씩 저렴하게 공급했고 생산지인 현지 시세보다 더 받아 쌀 생산과 판매를 원활하게 공급하는 등, 벼농사도 누구보다 잘 해냈다. 간척지 쌀을 조기에 수확해서 밥맛이 좋으니 주문량도 점점 늘어났다.

오랫동안 직장생활을 끝내고 서툴게 지은 벼농사지만 그간 어려서 배웠던 경험과 또 동네 분들의 도움으로 우리 마을 정터골에서 남들에게 뒤지지 않고 농사를 지을 수 있었다. 내가 어릴 때 꿈꿨던 그 소중한 쌀을 직접 생산해서 각지에 계신 분들에게 보내드릴 때마다 내가 지은 쌀을 받는 분들이 좋은 반응을 보일 때 한없는 보람을 느낀다.

이제는 형제들 모두, 누이동생까지 묵묵히 살아오다 보니 나도 모르게 내 청춘 어느새 서산을 넘어가는 노을과 같이 생각된다. 멈출 수 없고 잡을 수 없는 세월이라, 며칠 전 집사람 80회 생일에 모두 모여 희로애락을 함께 이야기하기로 했다. 이제 얼마 남지 않은 여생을 어떻게 마무리 할지 걱정이 된다. 동생들은 나와 형수인 내 아내를 필두로 그간 아껴주신 모든 분들에게 감사의 말이라도 남길 수 있게 살자고 했다.